I0650681

Fanny Lewald

Der dritte Stand

Gesammelte Novellen

Fanny Lewald

Der dritte Stand
Gesammelte Novellen

ISBN/EAN: 9783741125089

Hergestellt in Europa, USA, Kanada, Australien, Japan

Cover: Foto ©Andreas Hilbeck / pixelio.de

Manufactured and distributed by brebook publishing software
(www.brebook.com)

Fanny Lewald

Der dritte Stand

Gesammelte Novellen.

Von

Fanny Lewald.

Erster Theil:

Der dritte Stand.

Berlin.
Verlag von Louis Gerschel.
1862.

Der dritte Stand.

Novellistisches Zeitbild

von

Fanny Lewald.

Berlin.
Verlag von Louis Gerschel.
1862.

Erstes Kapitel.

An einem heitern Märztage war im Hause des reichen Fabrikbesitzers Wallbach die Familie schon am frühen Morgen beisammen. Sie bestand aus den Eltern und ihren beiden Kindern. Franz, der Sohn, war ein Mann im Beginne der dreißiger Jahre und Fabrikant wie der Vater; die Tochter, ein hübsches, blühendes Mädchen, hieß Luise und war bedeutend jünger als der Bruder.

Geschenke mancher Art lagen gefällig auf einem weiß überdeckten Tische geordnet, eine Menge duftender Blumen erfüllten das Zimmer mit Wohlgeruch und umgaben den großen Kuchen, den die Mutter selbst zu backen liebte, so oft es ein Fest im Hause gab.

An jenem Morgen galt es ein Doppelfest. Es war der Geburtstag des Hausherrn und zugleich der Tag, an dem vor fünfundzwanzig Jahren Herr Wallbach hier, an der äußersten Grenze der Stadt, den ersten Grundstein zu seiner Kattun-Fabrik gelegt hatte.

Das Frühstück war unter traulichen Gesprächen beendet, und die Männer schickten sich an, wie gewöhnlich an ihre Geschäfte zu gehen, als Madame Wallbach und Luise ihnen ihre Begleitung anboten für den kurzen Weg bis in die Fabrikgebäude. Das geschah zuweilen, man machte dann einen kurzen Spaziergang über den Hof oder nach dem Garten, und es fiel deshalb dem Vater nicht als etwas Besonderes auf, obgleich es heute absichtlich geschah.

In dem geräumigen Hof, der, von den Fabrikgebäuden umschlossen, ein großes Viereck bildete, hatten sich nämlich die Arbeiter und das höhere Fabrikpersonal zu einer Feier des Tages versammelt. Ein Zelt, dessen Stangen erst in der Nacht eingerammt worden, war mitten auf dem Hofe er-

richtet und mit einem Ueberzuge versehen, der eine
Epheuumrankung nachahmte. Es war ein Geschenk
des Fabrikpersonals für Herrn Wallbach. Gern
hatten Musterzeichner, Mouleure und Graveur ein
paar Sonntage geopfert, die Zeichnungen und Walzen
zu machen, und in einer Nacht war mit Franzens
Erlaubniß der Druck auf Kattun gefertigt worden.
Der Tischler der Fabrik hatte die Zeltstangen schön
und zierlich geschnitzt; der Kunstschlosser Knöpfe
und andere Ausschmückungen geliefert und vergol=
det. Alles war aus den eigenen Werkstätten her=
vorgegangen und gewährte, nun es fertig beisam=
men war, einen gar heitern Anblick.

Mit Rührung und Dank gab Herr Wallbach
sich den Glückwünschen hin, die ihm von allen
Seiten mit Herzlichkeit dargebracht wurden. Das
Lernen von Reden, das Liedereinüben hatte Franz
zu verhüten gewußt, weil der Vater diese gemachten,
sich ewig gleich bleibenden Lobhudeleien nicht liebte.
Als, auf den Vorschlag eines jungen Coloristen, an
ein werthvolles Geschenk für Herrn Wallbach ge=
dacht worden war, hatte Franz auch dieses hinter=

1*

trieben und darauf hingedeutet, daß ein Kunstpro-
dukt aus eigener Fabrik dem Vater das willkom-
menste Festgeschenk sein dürfte. Und ein Kunst-
werk war das Zelttuch in der That, sowohl in
Betreff der schönen Zeichnung, als auch der scharfen
und doch zugleich zarten und farbenreichen Ausführung des Musters. In geringer Entfernung
gewährte der Stoff eine vollkommene Täuschung,
und war wie die üppigste Epheuwand anzusehen.
Oben auf dem Wipfel des Zeltes flatterte lustig
eine mächtige Fahne, ebenfalls von Kattun, auf der
mit großen Lettern die Worte gedruckt waren:
„Noch lange Jahre wie heute.“

Als der Buchhalter, ein treuer, alter Diener
des Hauses, Herrn Wallbach auf die Inschrift aufmerksam gemacht, sagte dieser mit lauter, fester
Stimme, die deutlich von der fast tausend Personen
starken Versammlung gehört werden konnte: „Das
gebe Gott, Ihr Leute, daß die Wallbach'sche Fabrik
noch nach langen Jahren so stattlich und ehren-
werth bestehe, als jetzt. Ich und viele von Euch
werden heute über fünfundzwanzig Jahre nicht

mehr da sein; aber mein Sohn und Eure Kinder werden leben, so Gott es will! und es wird ihnen wohl gehen, wenn sie, wie ich und Ihr, beharren in Rechtschaffenheit und Fleiß. Ich war fast noch arm zu nennen heute vor fünfundzwanzig Jahren. Es leben noch Einige unter Euch, die gleich damals in meine Dienste traten. Sie wissen, wie schwer es mir oft geworden ist. Das Glück hat mir wohlgewollt, es ist mir Alles über Erwarten gelungen. Ich habe für mich und für Euch zu erwerben vermocht, was wir bedurften; es leidet Niemand von Euch Mangel. Ja! Ihr seid besser gestellt, als die Arbeiter in den meisten andern Fabriken. Daß es so ist, daß ich es Euch so gewähren konnte, ist mein Stolz und meine Freude. Ich weiß den heutigen Tag nicht besser zu feiern, Gott nicht besser zu danken, als indem ich Euch verspreche, hier auf meinem Grunde, schon in wenig Tagen, das Fundament zu einem Hause legen zu lassen, in welchem die Kranken aus dem Personal Heilung, Pflege und Ruhe finden, so oft sie deren bedürfen. Das ist Euch besser, als wenn ich

Euch schmausen und tanzen ließe. — Damit nehmt meinen Dank für Eure Treue und Euren Fleiß, die mich reich machen helfen! Und nun Jeder an seine Arbeit, es giebt heute doppelten Tagelohn und Feierabend um vier Uhr.

Ein lautes, donnerndes Vivat erscholl. Von allen Seiten drängte man sich um Herrn Wallbach und die Seinen, um ihnen dankend die Hände zu schütteln. Er selbst umarmte tief erschüttert seine Frau. Es war ein erhebender Augenblick voll hoher, innerer Andacht, voll heißen Dankes für ein glückliches Loos, dessen die Familie sich bewußt war, das sie dem geliebten Vater verdankte.

Dann besah der alte Fabrikant mit Kennerblick sein neues Zelt, lobte die, welche daran gearbeitet hatten, und schickte endlich mit einem zweiten: An die Arbeit, Ihr Leute! Jeden auf seinen Posten.

———

Zweites Kapitel.

Um mit der Zeiteintheilung in der Fabrik in Uebereinstimmung zu sein, herrschte im Wallbach'schen Hause die Sitte, an den Wochentagen das Mittagsmahl, gegen die jetzige Gewohnheit, schon um zwölf Uhr einzunehmen. Das machte es für den größten Theil der Hausfreunde fast unmöglich, die Familie anders, als am Abende zu besuchen. Ohnehin wußte man, daß der Vater und Franz den Tag hindurch ununterbrochen in der Fabrik oder im Comtoir beschäftigt waren und daß man nur am Abend sie mit Sicherheit antreffen könne, ohne sie zu stören. Auch heute ging Alles im Hause und im Geschäfte den gewohnten Gang.

Herr Wallbach und Franz fuhren zur bestimm-

ten Stunde in die Stadt und zur Börse, und im
Hause bereiteten Mutter und Tochter mancherlei
für den Abend vor, weil man auf den Besuch
werther, glückwünschender Freunde rechnen durfte.

Indeß kamen die Männer früher aus der Stadt
zurück, als es sonst zu geschehen pflegte; und als
Madame Wallbach nach der Ursache fragte, ant=
wortete ihr Mann: „Es ist mir eine unerwartete
Freude geworden. Wie ich es vermuthet, ist der
neue, hieher versetzte Divisionsgeneral von Dohnen,
unser alter Dohnen. Ich habe ein Billet von ihm
im Comtoir vorgefunden, in dem er mir seine
Ankunft meldet und sich mit den Seinen auf den
heutigen Nachmittag bei uns ansagt. Deshalb
kehrte ich zeitiger zurück. Ich möchte ihn nicht
verfehlen und denke, sie müssen bald hier sein.

Hat der General Kinder? fragte Luise.

Ich weiß es nicht, antwortete der Vater.
Ich habe fast seit zwanzig Jahren Nichts von
ihm gehört, außer den Zeitungsnachrichten, die von
Standeserhöhung und Ordensverleihungen berich=
teten. Als ich ihn zuletzt sah, kam er aus Schle=

sien, war Major geworden und nach Sachsen versetzt. Späterhin ist er vielfach umhergeschickt wor-
ben, hat sich auch hier zuweilen kurze Zeit auf-
gehalten. Da er sich aber bei uns nicht sehen
ließ, glaubte ich, er habe uns vergessen, und freute
mich um so mehr, daß er mir gerade heute wie-
derkommt.

Schade nur, bemerkte Franz, daß die Arbeiter nach Deiner Erlaubniß bereits Feierabend
gemacht haben. Es hätte mir Vergnügen gemacht,
dem General zu zeigen, was aus der Fabrik in
den Jahren geworden ist.

Nun! er mag einstweilen an den fünf Dampf-
schornsteinen sehen, daß wir nicht müßig waren,
antwortete der Vater, und hat er Interesse dafür, so findest Du wohl später Gelegenheit, ihm
Dein Steckenpferd vorzuführen.

Indem man so sprach, fuhr ein Wagen auf
den Hof und hielt vor dem Hause. Der General
nebst Frau und Tochter stiegen aus, Franz ging
ihnen mit dem Vater entgegen und führte sie in
die Zimmer hinauf. Die beiden alten Herren um-

armten sich herzlich; etwas förmlicher ging es unter
den Damen her.

Nachdem man über die ersten Begrüßungen
hinaus war, sagte der General: Ich komme zu
guter Stunde, alter Freund! Wie ich von unserem
gemeinsamen Hausarzte, Doktor Meier, heute hörte,
feiern Sie Ihr Jubiläum in der Fabrik und es
geht Ihnen wohl.

So ist's! antwortete Herr Wallbach, ich
habe meine Frau, Kinder, die mir Freude
machen, ein blühendes Gewerbe und die Möglichkeit, das Wohl von vielen Hunderten zu gründen,
die mit mir arbeiten. Was könnte ich außerdem
wünschen?

Der General erkundigte sich genauer nach manchen Verhältnissen seines Freundes; und in leb-
hafter Unterhaltung verloren, bemerkten die Väter es
nicht, daß unter ihren Kindern eine Erkennungsscene
stattgefunden hatte. Denn kaum hatten Franz Wallbach und Anna, so hieß die Tochter des Generals,
einander erblickt, als Beide erklärten, sich schon gesehen zu haben, sich von früherer Zeit zu kennen.

Das ist Herr Wallbach, sagte Anna erröthend zu ihrer Mutter, von dem ich Dir früher gesprochen, liebe Mutter! weil er in Preußen mir so viel Güte erwiesen hatte.

Die Generalin erinnerte sich der Erzählung und des Namens und wollte sich mit freundlichem Dank an Franz wenden, als dieser lebhaft ausrief: Aber, mein gnädiges Fräulein! warum nannten Sie sich in Königsberg Anna von Schomberg?

Ich heiße so, antwortete Anna.

So wären Sie nicht die Tochter des Herrn Generals von Dohnen? fragte Franz.

Meine einzige, eigne Tochter, antwortete der General, der die Frage gehört hatte. Ein alter Verwandter vermachte meiner Anna sein bedeutendes Vermögen, mit der Bedingung, daß sie seinen Namen neben dem meinen annehmen, und auch ihr künftiger Gemahl diesen Namen neben dem seinen führen solle. Da nun ein Mädchen doch früher oder später den väterlichen Namen gegen einen fremden vertauscht, so hatte ich kein Bedenken, die Bedingung einzugehen, die meiner Tochter wesentliche Vortheile sicherte. Sie ist auch als Anna von Dohuen-Schomberg mein geliebtes Kind!

Eine nähere Erörterung des Generals und darauf folgende Bemerkungen des alten Wallbach benutzte Franz, indem er leise zu Anna sagte: Wie habe ich mich nach Ihnen gesehnt, wie sehr Sie gesucht und Sie nicht zu finden gewußt. Warum verschwiegen Sie mir den Namen Ihres Vaters? warum sagten Sie mir nicht, daß er nicht denselben habe, als Sie?

Ich weiß nicht, antwortete Anna, Sie haben mich wohl nicht darum gefragt und ich konnte nicht wissen — sie stockte und wendete sich ab, als der General durch eine Anrede an Franz ihrer Verlegenheit zu Hülfe kam und der leisen Unterhaltung ein Ende machte.

Sie sind Theilnehmer an dem Geschäft Ihres Vaters? fragte er den jungen Wallbach.

Ich bin es seit fünf Jahren! antwortete dieser. Früher war ich Jurist.

Aber was bewog Sie zu dieser Aenderung Ihres Berufes? fragte die Generalin. Mir scheint doch, als ob die juristische Karriere, die Beamtenkarriere überhaupt bei Weitem die angenehmere wäre.

Ach Gott! Frau Generalin, nahm die Mutter das Wort, das ist eine traurige Ansicht von meinem Manne, die mir schon manchen Verdruß gemacht hat. Er haßt den Militair- und Beamtenstand. Kaufmann, Landwirth oder Handwerker zu sein, hält er allein für ehrenvoll.

Glauben Sie das nicht, Frau Generalin, entgegnete lächelnd Herr Wallbach. Es war allerdings nicht recht nach meinem Sinne, daß Franz Jurist werden wollte, da ich ihn bei meinem Geschäfte zu betheiligen wünschte; indeß mochte ich seiner Neigung keinen Zwang anthun und ließ ihn gewähren. Franz selbst kann Ihnen sagen, daß ich nicht den unmittelbaren Anlaß zu seinem Austritt aus dem Staatsdienste gab.

Franz schickte sich auf des Generals Bitte eben an, ihm den Vorgang zu erzählen, als drei Männer unangemeldet in das Zimmer traten.

In dem Aeltesten von ihnen war der Hand-

werker unverkennbar. Er war ein großer, starker
Mann, im weiten Ueberrock und überhaupt in einer
Kleidung, die zwar allen Ansprüchen der strengsten
Sauberkeit entsprach, aber dennoch verrieth, daß
ihr Besitzer keinen Werth auf die Wahl derselben
lege. Man stellte ihn als einen Herrn Karsten vor.
Ein Zweiter der Neuangekommenen ward als Sohn
des alten Karsten, der Dritte als ein Professor
Kühne bezeichnet.

Der ältere Karsten gratulirte Herrn Wallbach,
küßte ihn dabei auf beide Wangen und machte
sich's dann bald recht bequem in einem Lehnstuhle.
Man bot ihm, da man eben Thee trank, eine Tasse
an, aber er lehnte sie ab, weil ihm der Thee ein
fades, widriges Getränk sei.

Gieb mir ein Glas Bier, Luischen, sagte
er, indem er Fräulein Wallbach auf die Wange
klopfte, die durch diese Vertraulichkeit vor Fremden
sich offenbar verletzt fühlte. Auch der Mutter schien
es unangemessen.

Wer wird denn so mit einem Mädchen um-
gehen, Herr Karsten! sagte sie mißbilligend. Der

alte Mann ließ sich aber nicht einschüchtern, sondern rief laut lachend: Wer so mit einem Mädchen umgeht? — Ich! Ich, liebe Wallbachin! ich,
der das feine Mamsellchen aus der Taufe gehoben
habe und sie noch als Brautvater an den Altar
zu führen denke, wenn sie die hochtrabenden Grillen
bald fahren läßt!

Luise und Wilhelm, so hieß der jüngere Karsten, geriethen in sichtliche Verlegenheit durch diesen
Scherz, den der alte Herr durch ein zweites schal-
lendes Gelächter beendete. Wilhelm war ein statt-
licher Mann wie sein Vater, nur daß sein Aeußeres
den Stempel einer größeren Bildung und einer
weltmännischen Gewöhnung trug, die sich in Kleidung, Sprache und Betragen kund gab. Auf den
ersten Blick erkannte man in ihm den gebildeten
Menschen.

Er führte, nach den letzten Worten seines Vaters, Luise und Fräulein Schomberg an das Fen-
ster, wo in schön geflochtenen Blumenkörben ein
Hyazinthenflor blühte, zu deren Besichtigung er die
Mädchen aufforderte. Bald gesellten sich Franz

und der Professor zu ihnen und man sprach leichthin von diesem und jenem, von Bällen, Theater
und Conzerten.

Sie müssen wissen, sagte der Professor, ein leb-
hafter Mann, mit klugen, blitzenden Augen, zu
Fräulein von Schomberg: Sie müssen wissen, daß
Fräulein Luise Meisterin aller freien Künste ist.
Sie singt, spielt, malt und tanzt in der Vollkom-
menheit; sie spricht alle lebenden Sprachen und,
was mich betrifft, ich würde es vor Verehrung
nicht wagen, mich ihr zu nahen, wenn nicht glücklicher Weise ihres Bruders Freundschaft mich dazu
berechtigte.

Sie fühlen wohl den Spott heraus, Fräulein
von Schomberg? bemerkte Luise. Professor Kühne
kann nicht gut leben, ohne eine Zielscheibe für seine
Neckereien. Nebenher spielt er den Verächter der
Kunst. Er möchte, wie alle Männer, daß die
Frauen Nichts wären, als gute Haushälterinnen,
eifrig bemüht, jedem Wunsche der bequemen Herren
im Voraus zu begegnen.

Alle Männer! rief Wilhelm, das können Sie

nicht sagen, liebe Luise! — Ich wünschte wohl in
irgend einer Kunst geübt zu sein, die ich mit Ihnen
treiben dürfte, wie der beneidenswerthe Herr Her=
thal die Musik.

Luise dankte ihm mit freundlichem Lächeln für
seine Worte und fragte Anna: Haben Sie vielleicht
Gelegenheit gehabt, Herthal zu hören?

Nein! antwortete Anna. Ich werde überhaupt,
nach Allem, was ich höre, wenig Gnade vor Ihren
Augen finden; denn ich bin ganz talentlos für Alles,
was irgend Kunst heißt.

Sie sind nicht musikalisch? fragte Luise.

Ich bin nicht musikalisch, ich zeichne nicht und
meine Sprachkenntnisse beschränken sich auf ein
Wenig Französisch. Meine Eltern haben mir Leh=
rer für alle diese Fächer gehalten, ich habe mir
auch Mühe gegeben, da ich aber nichts Erhebliches
leisten konnte, gab ich es auf.

Wenn das Alle thäten, die kein Talent haben,
z. B. Herr Herthal, wie viel glücklicher wäre die
Gesellschaft! rief der Professor.

Ist das ein Herr Herthal, den ich in allen

Familien meiner Bekanntschaft als Musiklehrer nen=
nen höre? fragte die Generalin, die hinzugetreten war.

Derselbe, Frau Generalin! — Er ist einer der
vielseitigsten Menschen; ein wahres Genie. Treff=
licher Maler, ausgezeichneter Musiker und — .

Und, unterbrach sie der Professor, Dilettant
in der vollsten Unerträglichkeit des Wortes.

Mir sagt er auch nicht zu, meinte Wilhelm.
Es scheint mir, daß es ihm an jeder Selbstthätig=
keit, an schöpferischer Kraft und selbst an Gründ=
lichkeit fehle. Ich glaube, er mag manche techni=
sche Fertigkeiten besitzen für Musik und Malerei,
aber er hat nichts Rechtes gelernt und ist affektirt,
das spricht sich Beides deutlich in seinen Leistun=
gen aus.

Wie können Sie das behaupten! sagte Luise
entrüstet. Es mag sein, daß der Gelehrte gründ=
liche tiefe Studien zu machen hat, aber es ist ja
gerade ein sicheres Zeichen des Genies, daß es
keiner Uebung, keiner Anleitung bedarf, daß es
gleich fertig, in sich selbst vollendet, da steht. Nur
aus sich selbst schöpft das Genie.

Das ist ungemein gut ausgedrückt, bemerkte der Professor, nur nicht ganz wahr. Das Leben aller bedeutenden Künstler spricht dagegen. Fragen Sie, wen Sie wollen, fragen Sie Karsten, der gewiß für einen genialen Menschen gilt, welch' anhaltenden Fleißes er bedurfte, ehe er es zu der Meisterschaft in seinem Fache gebracht hat, die ihm jetzt Jeder bereitwillig zugesteht.

Sie sind Künstler, Herr Karsten? fragte die Generalin, die schweigend der Unterhaltung zuhörte und nur von Zeit zu Zeit eine Frage dazwischen warf.

Nein, gnädigste Frau! antwortete der Gefragte; ich bin Handwerker, Maurermeister und nur so weit in das Wesen der Kunst eingedrungen, als es für mein Fach nöthig ist. Ohne eine gewisse Kenntniß der Alten und der früheren Italiener geht es aber nicht recht mit dem Häuserbauen; und da mein Vater mir ganz unabhängige Muße gönnte, habe ich mich auf Reisen und durch gelegentliche Studien zu unterrichten gesucht, so gut es ging.

Glauben Sie ihm nicht, Frau Generalin! sagte

2*

der Professor. Er hat die schönsten Kenntnisse, und wenn er Ihnen seine Plane für Kirchen, Thea- ter und sonstige Bauwerke vorlegen wollte, so wür- den Sie in dem Maurermeister einen tüchtigen Architekturmaler finden.

Die Generalin war überrascht; für einen Hand- werker hatte sie den jungen Mann nicht gehalten, der bescheiden das Lob von sich ablehnte und dem Professor vorwarf, daß er ihn überschätze.

Durchaus nicht, antwortete dieser. Ich will nur, daß man das wirklich Tüchtige erkenne und das Oberflächliche mißachte. Es ist ein unsinniger Dilettantismus in den Künsten vorherrschend, der widerwärtig für den Verständigen ist. Da laufen die Burschen herum, mit langem, glattgescheiteltem Haar, legen sich vor dem Claviere mit ausgestreck- ten Beinen hin, heben die Hände zwei Fuß hoch von den Tasten empor, schlagen wie besessen dar- auf los und geben uns das unerfreulichste, musi- kalische Durcheinander, in der Idee, sie spielten wie Lißt.

Und hat Herthal, gegen den die ganze Satyre

vermuthlich gerichtet ist, nicht wirklich im Vortrage, in der ganzen Art, die größte Aehnlichkeit mit Lißt? fragte Luise. Mir ist es, wenn ich Herthal spielen höre, als umrauschten mich höhere Welten, als klänge die Poesie des Paradieses hernieder auf die Erde.

Ich weiß nicht, theures Fräulein, wie Para= dieses = Poesie klingt und habe nie höhere Welten rauschen hören, sagte der Professor neckend. Luise nahm es übel, entfernte sich schmollend und der Professor fuhr, ohne ihren Zorn zu beachten, fort: Ich weiß nur, daß es ganz besonders begabte Na= turen giebt, die für den Ausdruck ihres eigenthüm= lichen Wesens, in der Kunst eine ihnen allein zu= gehörende Sprache finden. Das ist der Fall mit Lißt. Wenn man ihn hört, kennt man ihn und versteht seine ganze excentrische Natur. Er hat nur für sich seine Compositionen geschaffen; nur von ihm gespielt, gewinnen die tollen Passagen, die wunderbaren Sprünge Leben und tief poetischen Sinn. Spielt sie ein Anderer, so sind sie ein wil= des Chaos; todte Schemen, die uns geisterbleich anstarren und in sich selbst zerfallen, sobald der starke

Wille des Zauberers, dem sie dienen, ihnen die Seele nimmt, die er allein ihnen einzuhauchen vermag.

Nach diesen Worten verließ die Generalin mit der Tochter den Kreis der jüngern Männer und kehrte an den Theetisch zurück, wo Franz, den der General schon früher abgerufen hatte, mit diesem in ein Gespräch über die Handelsverhältnisse des Landes verwickelt war, an dem auch sein Vater Theil nahm. Madame Wallbach und Luise übernahmen deshalb die Generalin zu unterhalten. Man sprach von häuslichen Angelegenheiten, aber in einer Ausführlichkeit, die der Generalin mißfiel; so daß sie, so bald es sich thun ließ, das Zeichen zum Aufbruch gab. Der General lud darauf die Wallbach'sche Familie und besonders Franz zu baldigem Besuche ein und seine Frau that es ebenfalls sehr freundlich, wenn auch vielleicht weniger herzlich als er.

Als man das Zimmer verließ, bot Franz, den der General bis dahin in Anspruch genommen hatte, Anna seinen Arm, um sie zu ihrem Wagen hinab zu geleiten. Er zögerte, hielt sie absichtlich ein Wenig hinter den Anderen zurück und sagte, indem er eine blaß rothe Schleife aus der Brust= tasche seines Kleides hervorzog: Sie gaben mir einst das Band als Andenken an die schönsten Stunden meines Lebens, als Zeichen des Wieder= sehens. Ich habe es treu bewahrt, fest darauf ge= hofft. Wollen Sie es mir jetzt als Zeichen bal= digen Wiedersehens auch ferner lassen?

Anna antwortete nicht. Sie nahm das Band, das er ihr hinhielt, aus seiner Hand. Franz sah sie betroffen an und fragte: Sie entziehen mir das Pfand Ihrer Gunst? — Da blickte ihm Anna freundlich in die Augen und sagte mit bebender Stimme kaum hörbar: Um es Ihnen auf's Neue geben zu können.

Ein fester Händedruck des jungen Mannes durchzuckte Anna elektrisch. Er hob sie in den Wagen, sie entschwand seinem Auge, aber ihr Bild im Herzen und schwelgend in Erinnerung und Hoffnung ging Franz noch lange in dem heute ganz einsamen und geräuschlosen Hofe umher, ehe er es vermochte, zur Gesellschaft zurückzukehren.

———————

Drittes Kapitel.

—

Wo waren Sie gestern Abend, gnädigste Frau? fragte am nächsten Tage der Baron Soldern die Generalin. Ich gab mir die Ehre, Ihnen meine Aufwartung zu machen, fand Sie aber leider nicht zu Hause.

Das rathen Sie schwerlich, antwortete die Generalin. Wir haben einen Besuch gemacht, weit draußen in der Vorstadt. Mein Mann hat einen alten Bekannten, einen Spielkameraden, glaube ich, der hier eine große Kattunfabrik besitzt, und bei dessen Familie haben wir den Thee getrunken.

Darf ich Sie bitten, mir seinen Namen zu nennen?

Er heißt Wallbach! antwortete die Generalin.

Wallbach! rief der Baron, o! die Wallbachs
sind bekannt! das sind ungeheuer reiche Leute, aber
doch wahre Krämer. Denken Sie, gnädigste Frau!
ich wollte von dem alten Wallbach ein Pferd kau=
fen, einen prachtvollen Vollblutrenner, den ich für
das Pferderennen zu trainiren wünschte. Der
junge Wallbach hatte zwei Renner aus England
mitgebracht und wollte den einen verkaufen. Ich
bot einen ungeheuren Preis dafür, mehr als er
gekostet hatte, mehr als man dafür verlangte. Das
Pferd gefiel mir und, es war eine Laune, ich wollte
gerade dies Thier haben. Aber glauben Sie, daß
der alte Wallbach darauf einging? Gott bewahre!
— Er sagte: zu solcher Narrheit, wie das Pferde=
rennen sei, gebe er sein schönes Pferd nicht her,
und verkaufte es für einen viel geringeren Preis
an einen andern Kaufmann; der jetzt damit spieß=
bürgerlich im Park herumreitet.

Das finde ich nicht auffallend, antwortete die
Generalin, denn ich bin eben keine Freundin der
Wettrennen; indeß gebe ich Ihnen zu, daß auch
mir die Wallbach'sche Familie einen sonderbaren

Eindruck gemacht hat. Die Gesellschaft, die wir dort fanden, war aus sehr verschiedenen Personen zusammengesetzt. Der Hausherr scheint mir ein praktischer Mann zu sein, der sich glücklich fühlt in seiner sogenannten Unabhängigkeit, und einen recht widerwärtigen Geldstolz besitzt. Die Mutter, voll von Kleinlichkeiten und häuslichen Berichten, ist versunken in der Anbetung ihrer ganz verbildeten Tochter. Diese macht ein Gewerbe aus ihrer Gelehrsamkeit, spielt die Corinna ihres Kreises und verbirgt es nicht, daß sie in einen jungen Clavierspieler verliebt ist, dessen Lob wir anhören mußten. Dann gab es einen „Papa Karsten," der Bier trank und schlechte Scherze machte, einen sehr geistreichen Professor, dem der rüde Student überall vorguckte, einen wohlerzogenen Maurermeister und den jungen Wallbach. Dies Alles trieb sich durch einander und neben einander umher, die Wirthin quälte sich mit ängstlicher Sorge für uns, und es war mir zu Muthe, als ob ich ein Lustspiel aufführen sähe, in dem die Lächerlichkeiten des Bürgerstandes recht grell dargestellt werden.

Sie malen mit dem Pinsel eines Hogarth, gnädigste Frau! rief lachend der Baron. So, grade so, wie Sie sie schildern, sind solche Leute und obgleich ich diese Wallbachs nicht näher kenne, wollte ich wetten, daß Sie nicht übertrieben haben.

Ich weiß nicht, ob ich mich irre, wendete Anna ein, aber mir ist gestern die Gesellschaft gar nicht anders vorgekommen, als die, in denen wir uns sonst bewegen. Ueberall findet man Lächerlichkeiten in der Gesellschaft, und ich sehe keinen großen Unterschied darin, ob der alte Herr Karsten schlechte Scherze macht, oder ob unser Vetter, der alte Graf Sternow, mit seinen Jagd= und Liebesabentheuern uns Alle aus dem Zimmer treibt. Es ist wahr, die Haushaltsgeschichten von Madame Wallbach waren nicht sehr amüsant, aber das sind die Berichte über die kleinlichsten Hofintriguen auch nicht, die wir von mancher alten Excellenz hören müssen. Hat Herr Wallbach seinen Kaufmanns=stolz, so haben viele unserer Freunde den Adels=stolz; das bleibt sich wohl gleich, und die jungen Männer im Wallbach'schen Hause sind mir eben

so wohlerzogen als gescheidt vorgekommen. Ich
habe mich vortrefflich mit ihnen unterhalten.

Die Generalin sah ihre Tochter befremdet an,
die sich sonst solch entschiedenen Widerspruch gegen
sie nicht erlaubte; der Baron aber rief: Gnädiges
Fräulein! Sie übertreffen sich selbst. Ich finde es
durchaus eigenthümlich, daß Sie sich immer zum
Vertheidiger aller Angegriffenen hergeben; daß Sie,
eine Dame aus einer der ältesten Familien des
Landes, sich ganz auf die Seite der Opposition
wenden. Es ist dies ein Beweis ihres vortreffli=
chen Herzens —

O, nein! sagte Anna, ihn unterbrechend, es ist
nur Sache meiner Ueberzeugung und fragen Sie
meinen Vater, der eben kommt, ob ich anders
denke, als er.

Der General fragte, wovon die Rede sei; Sol=
dern erzählte es ihm und fügte hinzu: Ich theile
Fräulein von Schomberg's Ansicht nicht, und ich
glaube auch, sie würde sich ändern, wenn sie längere
Zeit in den bürgerlichen Kreisen leben sollte. Als
ich noch auf der Universität war und mit jedem

Studenten Brüderschaft schließen mußte, kam ich viel in die Familien dieser jungen Männer und fand es überall ähnlich, wie Frau Generalin es geschildert hat. Ich schätze den Bürger, wie jeden wackern Menschen, allein für den Umgang ziehe ich Leute vor, die, wie wir, auf einer heitern Höhe des Lebens geboren sind und nicht so von der allgemeinen Alltäglichkeit berührt werden.

Da bin ich anderer Meinung, entgegnete der General, und gebe meiner Tochter recht. Es mag wahr sein, daß der Bürger, der Emporkömmling, manche Schwächen hat, manche Gewohnheiten, die uns fremd und mißfällig erscheinen, aber diese verlieren sich natürlich bei der nächsten Generation, der Wohlstand und Bildung nicht mehr neu sind. Franz Wallbach zum Beispiel ist ein Mann, welcher jedem Kreise Ehre machen würde; so auch der jüngere Karsten und der Professor. Sie haben bedeutende Kenntnisse, stehen in unausgesetztem Verkehr mit Leuten aus allen Ständen und beurtheilen deshalb gewiß viele Verhältnisse richtiger, als wir, die wir uns fast ausschließlich unter unsern Stan-

desgenossen bewegen. Ich bin gern mit Männern
aus dem Bürgerstande zusammen, sie sind oft sehr
tüchtig und man lernt von ihnen. An den ältern
Wallbach bindet mich ohnehin eine vieljährige Freund=
schaft, ich bin ihm hoch verpflichtet und es soll
mich freuen, wenn meine Frau und Tochter sich
mit der Familie befreunden können. Ich habe
ihnen das auch bereits gesagt.

Dagegen ließ sich nichts einwenden. Die Ge=
neralin und Anna versprachen ihr Mögliches zu
thun und Soldern entfernte sich, nachdem die Ge=
neralin ihn aufgefordert, den nächsten Mittag bei
ihnen zu speisen und einen Platz in ihrer Loge
anzunehmen.

———

Viertes Kapitel.

—

Anna von Schomberg war ein eigenthümliches Mädchen. Sanft, bescheiden und durchaus weiblich, hatte sie dennoch eine Festigkeit des Willens, eine Stärke des Charakters, die ihr nie fehlten, wenn sie nach ihrer Ueberzeugung handeln zu müssen glaubte. Sie besaß alle häuslichen und geselligen Vorzüge ihrer Mutter und den klaren Verstand, die hohe Rechtlichkeit ihres Vaters, der wesentlichen Antheil an ihrer Erziehung genommen hatte. Beide Eltern hingen an dieser einzigen Tochter, und hatten es nicht ungern gesehen, daß Anna sich bis jetzt noch nicht verheirathet und alle Anträge, die ihr gemacht worden, abgelehnt hatte. Sie war erst zwanzig Jahre alt und die Eltern wünschten

ihr freie Wahl bei ihrer Verheirathung zu lassen,
so weit das möglich war. An Bewerbern konnte
es einem Mädchen wie Anna natürlich nicht fehlen.
Aus einer der ersten Familien des Landes, schön,
liebenswürdig und Besitzerin eines großen, unab=
hängigen Vermögens, waren die Blicke aller jungen
Männer ihres Kreises auf sie gerichtet und kaum
hatte sie wenig Wochen an ihrem jetzigen Auf=
enthaltsorte gelebt, als sie sich von einer neuen
Schaar von Verehrern umschwärmt sah. Unter
diesen mochte Baron Soldern einer der angenehm=
sten und bedeutendsten sein. Er war Anna in Adel
der Geburt, Schönheit und Reichthum gleich; ein
Mann von liebenswürdigem Betragen und ehren=
werthem Charakter, nicht frei von Vorurtheilen,
aber verständig, so weit man es mit ihnen sein
kann. Er hatte den lebhaften Eindruck nicht ver=
borgen, den Anna auf ihn gemacht, hatte sich in
ihr elterliches Haus einführen lassen, war der Fa=
milie näher getreten, und die Eltern mochten in
ihm einen Schwiegersohn nach ihren Wünschen er=
blicken, da Soldern ganz unabhängig war und also

stets in ihrer Nähe leben konnte, wenn Anna's Wahl auf ihn fiele.

Er war oft und gern gesehen im Dohnen'schen Hause und brachte gewöhnlich den Abend dort zu, wenn er oder die Familie nicht anderweit in Anspruch genommen waren. So geschah es, daß er an einem der nächsten Abende mit Franz Wallbach und dem Professor Kühne, den der General ebenfalls zu Besuchen aufgefordert, in den Zimmern der Generalin zusammentraf. Franz hatte am Morgen, nach mehrjähriger Trennung, einen Universitätsfreund wiedergesehen und erzählte, wie dieser in sehr kurzer Zeit eine bedeutende Carriere gemacht habe.

Und sind Sie eifersüchtig darauf gewesen? fragte der Professor.

Nicht im Geringsten! antwortete Franz. Ich fühle mich vollkommen wohl in meinen Verhältnissen und möchte sie gegen keine anderen vertauschen.

Sie sind uns immer noch die Erzählung der Ereignisse und Beweggründe schuldig, lieber Wall-

bach, sagte der General, der ebenfalls anwesend
war, welche Ihren Austritt aus dem Staatsdienste
veranlaßten, und ich wäre begierig, sie zu erfahren.

Sie thun dem einfachen Vorgang zu viel Ehre an,
entgegnete Franz, wenn Sie ihn irgendwie für interessant halten. Die Sache machte sich ganz ein-
fach. Mein Vater wünschte, als ich in das Alter
kam, mich für einen Beruf entscheiden zu müssen,
mich für sein Geschäft zu erziehen. Ich hegte aber
lebhafte Neigung zu studiren, meine Mutter unter-
stützte meinen Plan und der Vater gab seine Einwilligung, so schwer es ihm auch werden mochte.
Ich ward allmählig Auskultator, Referendar, und
die Beamtencarriere, die mir früher so erstrebens-
werth geschienen, verlor ihren Heiligenschein für
mich, je mehr ich mich ihr näherte. Ich lernte
die Abhängigkeit des Beamten von seinen Vorgesetzten kennen; ich ward Zeuge, wie schwer es oft
den Beamten fiel, Befehle auszuführen, gegen die
ihre Ueberzeugung sich sträubte. Daß dieser noth-
wendige Zwang den Unabhängigkeitssinn, den mo-
ralischen Muth lähmen könne, erschreckte mich. Ich

wußte damals nicht, daß ich nöthigen Falls die
Kraft besäße, für meine Ueberzeugung jedes Opfer
zu bringen, denn ich war noch sehr jung. — Mein
Vater stellte mir vor, wie gering die Aussicht sei,
bei der großen Anzahl von Kandidaten für alle
Aemter, früh eine bedeutende Stellung zu erreichen.
Er sagte mir, daß er sich den Jahren nähere, in
denen man sich die Arbeit zu erleichtern wünscht.
Ich selbst hatte auf meinen Reisen durch Frank=
reich und England die hohe Würde des Bürgers,
des freien Mannes begreifen lernen, im Gegensatz
zu Deutschland, wo der Beamtenstand sich nicht
als eine für und von der Allgemeinheit besoldete,
sondern als eine bevorzugte Kaste betrachtet. Ich
wurde schwankend in meinem Vorsatz; aber ich war
eitel genug, die fremde Meinung zu fürchten, ich
wollte erst die dritte Prüfung bestehen, damit man
nicht glaube, ich träte aus Furcht vor derselben
aus dem Dienst. Ich machte also das Assessor=
Examen und nachdem ich es glücklich überstanden,
packte mich die deutsche Titels= und Ordenswuth
wieder. Ich sah mich im Geiste mit Rang und

Ehren belohnt und blieb im Dienst. Mein Vater machte mich nochmals darauf aufmerksam, wie es wünschenswerth sei, daß ich Fabrikant werde, um das Vermögen, das er erworben, durch den Handel zu erhalten und zu vergrößern. Er verglich die glänzenden Aussichten, die mir der Handel bot, mit dem spärlichen Gehalt eines Beamten. Es war umsonst, ich beharrte bei meinem Vorsatz und ward in eine Seestadt versetzt, in der ich viel mit den Handelsfreunden meines Vaters verkehrte. Dort, wo große, weltverbindende Unternehmungen den Kaufmannsstand bedeutend machen, erwachten meine früheren Ideen von der Würde des Gewerbetreibenden wieder. Dies Schwanken wird Ihnen vielleicht schwach von mir erscheinen; aber wohl Mancher mag von seinen Ansichten umhergetrieben werden, ehe er zu einem Entschlusse kommt. Dieser ward bei mir, wie Ihnen mein Vater neulich sagte, durch das traurige Schicksal eines Freundes herbeigeführt. Er war Regierungs-Assessor und ein edler, aber schroffer Mensch. Unglückliche Verhältnisse, unverschuldete Armuth hatten eine Härte

in ihm hervorgerufen, die sich auch in der rück-
sichtslosen Art offenbarte, mit der er vertheidigte,
was er für recht hielt. Sein Präsident war par-
theiisch. Er hatte die Schwäche, gern Leute aus
vornehmen und reichen Familien in seinem Colle-
gium zu haben, bevorzugte diese auffallend und
hatte meinen Freund bei verschiedenen Anlässen auf
kränkende Weise hintenangesetzt. Natürlich haßte
der Assessor den Präsidenten tödtlich, trat ihm schroff
entgegen und es hatte einen lebhaften Wortwechsel
in der Session gegeben, an einem Tage, an dem
ein öffentliches Mittagbrot veranstaltet war. Mein
Freund nahm Theil daran. Bestimmt und gereizt,
wollte er, gegen seine Gewohnheit, den Unmuth
im Weine ertränken; aber der Wein machte ihn
noch heftiger, er gerieth in einen Streit über eine damals beabsichtigte Regierungsmaßregel; der Präsident
faßte seine Worte unvollständig auf und machte ihm
in Aller Gegenwart den Vorwurf mangelnder Loyalität. Der Assessor erklärte, wo es sich um ein
Rechtsprinzip handle, könne von Loyalität keine Rede
sein. Ein Wort gab das andere, bis der Assessor

ben Ausspruch that, baß er sein Gewissen mit bem
Unterthanen=Eide nicht verkauft habe, und baß der
Staatsdienst eine Schande sei, wenn er bem Manne
das Recht der freien Meinung nicht belasse. Der
Vorfall machte Aufsehen, der Assessor wurde zur
Untersuchung gezogen, und obgleich der Präsident
nun nachträglich in einem Anfall von Reue sich
als den Schuldigen darzustellen suchte, warb der
Assessor aus dem Staatsdienste entfernt. — Wenn
schon ich nun für mich, bei meinem ruhigen Cha=
rakter, solche Vorfälle gerade nicht zu fürchten hätte,
fand ich es doch wünschenswerth, nicht von der
Gunst oder Ungunst eines Vorgesetzten abzuhängen.
Ich forderte meine Entlassung, war wenig Wochen
darauf Kaufmann und Fabrikant, und bald sehr
glücklich, Nichts weiter zu sein, als ein unabhän=
giger Mann.

Und was warb aus Ihrem Freunde? fragte
Anna.

Ich habe ihn später überredet, der Kassirer
meines Vaters zu werden, da er längere Zeit in
den Staatskassen gearbeitet hatte und dem Ge=

schäfte ganz gewachsen war, das ihn reichlich nährt. Er ist verheirathet und es geht ihm wohl.

Als Franz geendet, sagte der General: Ich finde Ihren Austritt aus dem Staatsdienste von Ihrem Standpunkte aus eben so begreiflich als vernünftig. Indeß läßt sich doch wohl für die hohe Würde unseres Beamtenstandes viel Wesentliches sagen und Herr Professor Kühne, der Beamter ist, wie ich, stimmt mir gewiß darin bei.

Ich? nicht im Geringsten, Herr General! erwiederte Kühne. Mein Vater ließ mich nur studiren, weil er meinte, ich sei zu dumm, etwas Anderes zu werden.

Man lachte, da Kühne den Ruf eines ausgezeichneten Gelehrten besaß, und Franz sagte: Ein Professor ist wohl auch unabhängiger, als viele andere Staatsdiener.

Auch nicht Jeder! meinte der Professor. Ich bin es allerdings; denn daß Quecksilber flüssig und Jod flüchtig ist, das sind unbestreitbare Wahrheiten, die zu lehren man mich nicht hindern wird. Es giebt aber Professoren, deren Lehren man weniger unbestreitbar und darum bedenklicher findet. Mich schützt hier auch wieder meine Dummheit, was ich weiß, ist nicht gefährlich für den Staat.

Wenn Sie mir auch untreu werden, Herr Professor! rief der General, so steht mir vielleicht der Baron bei, der nicht Beamter ist. Sie, liebster Wallbach! und viele andere Männer, an deren redlichem Willen ich gar nicht zweifle, ziehen gegen alles Bestehende zu Felde, weil Manches nicht gut ist. Auch unser Arzt, den ich hochschätze, gehört zu denen, die immer in der Opposition sind, die Alles angreifen, Alles umstoßen und ändern möchten. Es liegt eine gewisse Freude im Zerstören, das gebe ich zu. Schon das Kind zerstört sein Kartenhaus lieber, als es dasselbe baut, denn Zerstören ist leichter als Bauen. Weil die Beamten Menschen sind, weil jedes menschliche Verhältniß menschliche Schwächen hat, weil es einzelne Beamte giebt, die sich in elendem Hochmuth überschätzen, ihre Stellung mißkennen und mißbrauchen, deshalb ist der Beamtenstand noch nicht so anzugreifen, als man es thut, deshalb ist es doch ein

schöner Beruf, als Beamter für die Gesammtheit
zu wirken.

Ganz gewiß ist er das! bekräftigte der Baron,
als der General schwieg. Es gehört eine Entsa-
gung, eine Selbstverläugnung dazu, die nicht Jeder
besitzt. Alle Nichtbeamten eifern gegen die bevorzugte Stellung, welche der Staat seinen Dienern
zuerkennt; aber wie sehr bedürfen sie dieser Aner-
kennung, dieser Entschädigung! — Sie gestanden
selbst ein, Herr Wallbach, daß bei unerhörten Arbeiten, bei großer Abhängigkeit, für den Wohlstand
des Beamten verhältnißmäßig schlecht gesorgt sei.
Der hochgestellte Beamte, der bei geringem Gehalt
die äußere Würde seiner Stellung in der Gesellschaft zu behaupten hat, muß sich und die Seinen
Entbehrungen unterwerfen, die Sie und ich nicht
kennen. Der Beamte, wenn er nicht außerdem
reich ist, kämpft fortwährend mit beschränkten Verhältnissen und doch genügt bei uns das Bewußtsein
seiner ehrenvollen Stellung, das Bewußtsein der
hohen Pflichten und Verantwortungen, die ihm auf-
erlegt sind, ihn aufrecht zu erhalten, ihn vor Be-

stechlichkeit zu bewahren, die bei uns fast nie, in dem gepriesenen Frankreich täglich vorkommt.

Darin stimme ich Ihnen vollkommen bei, sagte der Professor. Unser Beamtenstand ist höchst ehren= werth. Der Staat hat sich die Beamten als eine Macht gegenüber gestellt, die er selbst nicht anzu= tasten wagt. Gebildet aus den unterrichtetsten Män= nern des Volkes, zum großen Theil schwer absetz= bar, sind diese Beamten mit ihrem Ehrgefühl, mit dem Bewußtsein ihrer Pflicht, ein Wall, an dem die Willkühr scheitert; eine schätzenswerthe Garan= tie für das Recht, in einem monarchischen Staate.

Um Gottes Willen, meine Herren! bat die Ge= neralin, welche von der großen Meinungsverschie= denheit der Männer einen zu lebhaften Streit fürch= tete, verschonen Sie uns arme Frauen mit den Garantieen des Staates. Ist es denn ganz un= möglich, daß man einen Abend gesellig zubringt, ohne von dem Streit der Parteien berührt zu wer= den? Giebt es denn gar keinen Gegenstand, der Sie außerdem beschäftigt und an dem man sich unbefangen mit Ihnen erfreuen kann?

Der Baron bat um Entschuldigung, wenn die Unterhaltung den Damen nicht zusagend gewesen sei, Franz aber sagte sehr ernst: Und wenn wir den besten Willen hätten, Frau Generalin, uns fern zu halten von dem, was jetzt in uns Allen stürmt, jedes Thema würde uns darauf zurückführen. Kunst und Literatur, die Gesellschaft, Alles kann und soll Mittel zum Zweck sein, und in einer von Parteikämpfen erregten Zeit giebt es für den Mann nur Ein Interesse, den Sieg seiner Partei.

Glauben Sie das nicht, Frau Generalin! rief der Professor. Nicht alle Männer sind so schwerfällig als Franz und sein Freund, der Doktor. Mir ist es sehr gleichgültig, wer und welches Prinzip im Lande regiert, da die großen, unwandelbaren Schöpfungsprinzipien der Welt, mit denen ich es allein zu thun habe, fest stehen für immerdar. Sagen Sie mir lieber, bestes Fräulein, warum Sie den Thee, den Sie bereiten, nicht gehörig abbrühen, ehe Sie Extrakt machen! Das ist mir wichtiger und interessirt mich mehr, als die Verhandlungen der hannöverischen oder hessischen Kammer.

Anna und die Generalin gingen auf den Scherz ein; der Baron, der ein hübsches Talent zu er= zählen hatte, sprach von seinen Reisen, als Franz bemerkte, daß er durch Geschäfte genöthigt sei, sich für einige Wochen von Hause zu entfernen. Die Theilnahme, die des Barons Erzählung erregte, wollte Franz gern zu einem Gespräch mit Anna benutzen aber vergebens. Der Zirkel war zu klein, als daß man sich von ihm trennen konnte, ohne es auffallend zu machen, und nach ein paar an= genehm verplauderten Stunden mußte sich Franz empfehlen, ohne besonders Abschied von Anna zu nehmen, wie es sein Herz verlangte.

Fünftes Kapitel.

Franz war seit einigen Wochen verreist und in den Sälen der Generalin, in denen sich sonst eine glänzende und geistreiche Gesellschaft bewegte, ward es einsamer, je mehr der Frühling die Stadtbewohner auf das Land hinauslockte. Zudem war die Generalin wieder von einem ihrer Nervenanfälle heimgesucht, in denen ihr Einsamkeit und Stille das dringendste Bedürfniß waren. Das beschränkte sie auf den Umgang weniger Personen, naher Bekannten, die es sich in den verdunkelten Zimmern gefallen ließen und nicht scheuten, jene kleinen Rücksichten zu nehmen, welche der reizbare Zustand der Generalin erforderte. Aus dem großen Kreise von jungen Männern, die sonst das gast-

liche Dohnen'sche Haus besuchten, erschien jetzt,
außer dem Doktor, nur der Baron in den spätern
Abendstunden, in denen die Generalin sich besser
befand, als am Tage.

Anna saß fast den ganzen Tag in lautloser
Stille bei ihrer Mutter und all' ihre Gedanken,
all' ihre Zweifel und Wünsche folgten dem ent-
fernten Geliebten. Nie, seit sie Franz zuerst gesehen, war sein Bild aus ihrer Seele gewichen.
Jetzt, da sie sich wiedergefunden, da sein Betragen
an dem ersten Tage, als sie ihm im Hause seines
Vaters begegnet, ihr die Gefühle seines Herzens
verrathen, jetzt, da ihre Neigung für ihn mächtig
gewachsen war, jetzt war er verreist auf längere
Zeit, ohne ein freundliches Wort für sie, ohne ihr
zu sagen, daß er wiederzukehren wünsche.

Sie glaubte sich getäuscht zu haben über die
Neigung, die sie in Franz vorausgesetzt, sie schalt
sich eitel, weil sie daran geglaubt, sie schämte sich,
einen Mann zu lieben, der Nichts für sie empfand.
Dann kamen wieder Stunden, in denen sie selbst
die eifrigste Vertheidigerin des Geliebten ward.

Sie entschuldigte sein Schweigen mit der plötzlichen Abreise, seine Zurückhaltung durch das Bedenken, das er wegen der Einwilligung ihrer Eltern haben konnte, und ihre Phantasie verlor sich in eine Zukunft, in der alle Hindernisse überwunden und sie die glückliche Frau des Geliebten sein würde.

Von diesen verschiedenen Stimmungen bewegt und rege erhalten, vergingen ihr in dem Krankenzimmer die Tage schnell. Der Doktor und Soldern fanden sie immer heiter, immer freundlich und gut, wenn sie bei der Generalin erschienen und, während Anna sich in größerer Gesellschaft bescheiden zurückzog, entfaltete sie jetzt in dem engen Kreise einen Schatz von gründlichem Wissen und gesunden Ansichten, bei den liebenswürdigsten häuslichen Tugenden.

So konnte es nicht fehlen, daß beide Männer ihr mit aufrichtiger Huldigung begegneten, daß Solderns Neigung für sie wuchs, während sie selbst den Umgang des Doktors dem seinigen vorzog.

Der Generalin entging das nicht und, eingenommen für den Plan, ihre Tochter mit Soldern zu verbinden, war sie auf jede Weise bemüht, ihn zu erheben und seine Vorzüge in das beste Licht zu stellen.

Eines Tages, an dem die Generalin sich besonders gut befand, war Herr Wallbach mit Luise hingekommen, um sich nach ihrem Befinden zu erkundigen, waren zu ihr geführt worden und mit dem Baron zusammengetroffen, der sich bald darauf empfohlen hatte.

Kaum war er hinausgegangen, als der alte Wallbach, den die Generalin um seines tüchtigen Wesens willen liebgewonnen hatte, sie fragte: Sagen Sie mir, Frau Generalin, was treibt der Baron Soldern, dem ich schon häufiger bei Ihnen begegnet bin?

Was er treibt? fragte die Generalin, was soll das heißen?

Nun, womit er sich beschäftigt? sagte Herr Wallbach.

Wie kann ich das wissen, antwortete die Generalin. Er wird wohl abwechselnd seinen Neigungen folgen und immer das treiben, wozu er

gerade Lust hat. Er ist sehr reich und unabhängig, lebt
im Winter hier bei Hofe, im Sommer auf Reisen.

Und sonst thut er Nichts? das ist ja eine
Schande für einen jungen Menschen wie er, rief
Herr Wallbach.

Die Generalin lächelte und sagte: Jetzt ist
das Fragen an mir, was wollen Sie denn, daß
er thue?

Irgend Etwas, Frau Generalin, entgegnete
Herr Wallbach. Nur müßiggehen soll er nicht.
Ich hasse den Müßiggang, und der Arbeiter, der
in meiner Fabrik zwölf Stunden täglich Färbeholz
raspelt, um Frau und Kind zu ernähren, ist mir
lieber, als der eleganteste junge Müßiggänger.

Aber was kann der Baron dafür, sagte die
Generalin, daß seine Eltern reich genug sind, ihm
eine ganze sorgenfreie Existenz zu begründen, daß
die Zinsen seiner Kapitalien ausreichend sind, ihn
glänzend leben zu lassen? Sie können doch nicht
fordern, daß er Kaufmann oder Landwirth werde,
um seine Kapitalien zu verwerthen, wenn er keine
Neigung dazu hat.

Allerdings fordere ich das, antwortete Herr Wallbach. Derjenige, den sein Geschick so günstig gestellt hat, daß er jeder Sorge für sich selbst enthoben ist, dem legt es doppelt die Pflicht auf, für Andere zu sorgen. Der Baron hat die heilige Pflicht, vielen Armen Arbeit und Brod zu geben. Nicht etwa indirekt, indem er Luxus treibt und dadurch die Handwerker beschäftigt, sondern ganz direkt, indem er Land urbar machen oder durch brodlose Arme irgend Etwas schaffen läßt, das sie ernährt, indem es ihm selbst oder der Gesammtheit nützt. Denn Jeder soll eifrig für seinen eigenen Vortheil bedacht sein und ihn sorgfältig wahrnehmen.

Ich glaube, das Alles ist nicht Jedermanns Sache, sagte die Generalin.

Sie sollte es aber sein, denn der Reiche muß durch Gemeinsinn den Armen mit seinem Reichthum versöhnen, und jeder Mensch muß die Anlagen und Kräfte, die ihm die Natur gegeben, benutzen und für die Menschheit gebrauchen. Hat Jemand kein Talent für das Praktische, so mag er, wenn er sonst Nichts zu thun hat, wie die Mönche nützlichen Studien obliegen; aber arbeiten, nützen muß Jeder, ich hasse den Müßiggang.

Sie betrachten das Leben als Fabrikant, sagte die Generalin heiter, weil ihr das Eigenthümliche in der Anschauung ihres Gastes gefiel. Das mag in der Idee auch recht schön und wahr sein, in der Wirklichkeit —

In der Wirklichkeit aber, unterbrach sie Herr Wallbach, würde ich, so wahr ich Wallbach heiße, meine Tochter keinem Manne geben, der Nichts thäte, als essen, trinken und sich belustigen.

Anna, die mit Luise in der Fensterbrüstung geplaudert hatte, kam bei den letzten Worten näher und meinte, Herr Wallbach habe Recht, sie möchte auch keinen unbeschäftigten Mann heirathen.

Eine kluge Frau, die so denkt, bemerkte darauf die Generalin, wird es wohl verstehen, ihrem Manne Neigung zur Thätigkeit einzuflößen und, was sie stolz machen muß, sie würde dadurch, nach ihren Begriffen, die Schöpferin seines Glückes sein. Zugleich, liebe Luise, können Sie aber daraus

4*

erfehen, welche Rücksichten Sie nach den Ansichten
Ihres Herrn Vaters bei der Wahl Ihres Gatten
zu beobachten haben. Ich, wenn ich zu wählen
hätte, würde vorzugsweise gern einem Manne folgen,
dessen ganzes Leben mir gehörte und unserem
Glück. Es ist oft recht schwer, mit den Berufsgeschäften und Dienstpflichten den Geliebten theilen
zu müssen.

Das habe ich mir oft gedacht, sagte Luise, wenn
ich den Vater und den Bruder Abends so müde
von der Arbeit, oder am Mittag so zerstreut durch
die Masse der Geschäfte sah, daß sie für uns kaum
einen Blick hatten. Sie sind dann ganz nieder-
gedrückt von der Prosa des Lebens und ich habe
mir immer vorgestellt, wie glücklich Frauen sein
müssen, deren Angehörige sich schon durch ihren
Beruf in einer schönern Atmosphäre bewegen.
Die Frau eines Dichters, eines Malers muß
beneidenswerth sein.

Thue mir den Gefallen, liebe Tochter! rief
Herr Wallbach, und verliere Dich in diese poetischen
Spaziergänge nicht, ich müßte und würde Dich uner-

erbittlich auf die bürgerliche Erde zurückrufen,
denn Du weißt, wie ich über das Künstlerleben
denke.

Ich glaube, Sie sind kein großer Verehrer der
Kunst! meinte die Generalin.

Nein, antwortete Herr Wallbach, und besonders
sind mir die Künstler mit ihren phantastischen Ab-
geschmacktheiten fatal. Daß ich in meiner Umgebung keine Künstler, sondern arbeitsame, ordentliche
Leute habe, ist mir eine große Freude.

Luise seufzte tief und Thränen traten ihr in
die Augen. Anna bemerkte das, nahm sie gut-
müthig bei der Hand und fragte leise: Was fehlt
Ihnen, liebe Luise?

Fragen Sie mich nicht, ich bin sehr unglücklich!
antwortete Jene.

Anna schwieg einen Augenblick, dann zog sie
Luise in die Fensterbrüstung zurück, in der sie vorhin gesessen und sagte: Ich bin Ihnen fremd,
Luise, und habe wohl sonst Niemand meine Freundschaft aufgedrungen; aber Sie haben Kummer,
kann es Ihnen Trost gewähren, sich auszusprechen,

so thun Sie es, Sie finden in mir die Theilnahme
einer Schwester.

Luise bot ihr gerührt dankend die Hand, und
als Herr Wallbach in dem Augenblick aufbrach,
schieden die Mädchen mit dem Vorsatz, sich an
einem der nächsten Tage in der Fabrik wiederzu=
sehen.

———

Sechstes Kapitel.

Ehe wir aber in unserer Erzählung fortschreiten, sei es uns vergönnt, eines Ereignisses zu gedenken, das sich im Wallbach'schen Hause zugetragen hatte.

Luise Wallbach liebte ihren Musiklehrer Herthal. Er hatte es verstanden, die Neigung der Tochter für sich zu erregen und das Wohlwollen der Mutter zu gewinnen, die in dem mittelmäßigen, leichtsinnigen Menschen einen genialen Künstler erblickte. Herthal, der als Musiklehrer in den angesehensten Häusern eine gute Einnahme hatte, war durch verschwenderisches, wüstes Leben in Schulden gerathen und sah in einer Heirath mit der hübschen und reichen Luise Wallbach ein Mittel, sich aus aller Noth zu ziehen. Er war klug genug, das uner-

fahrene Mädchen zu täuschen und ihre Vorliebe
für künstlerische Bestrebungen zu seinem Vortheil
zu benutzen. Während Luisens Vater und Bruder
ihn für einen unbedeutenden Menschen erkannten
und keiner Beachtung würdigten, war Luise ganz
in seinen Banden und es bedurfte nur einer Veranlassung von seiner Seite, um ihre Liebe in hellen
Flammen auflodern zu lassen.

Wenige Tage nun nach der Abreise von Franz
war der alte Karsten zu Luisens Eltern gekommen,
um von ihnen die Hand der Tochter für seinen
Sohn zu fordern. Wilhelm hatte Luise seit ihrer
frühesten Kindheit lieb gehabt, er war reich, unabhängig, in dem Alter, sich eine Frau zu nehmen,
und seine Wahl fiel auf Luise. Darin lag nichts
Romantisches, der Antrag wurde ganz bürgerlich
von dem Vater Wilhelms gemacht und eben so
von Luisens Vater angenommen, da er die Einwilligung seiner Tochter voraussetzen zu dürfen
glaubte.

Indeß noch ehe es zu einer Anfrage bei Luisen
kam, machte die Mutter, welche die Liebe ihrer

Tochter für Herthal kannte, Einwendungen. Sie meinte, Luise sei noch sehr jung, ihre Erziehung eben erst beendet, Luise würde sicher wünschen, sich noch in den Künsten zu vervollkommnen und ein paar Jahre ihr Leben zu genießen, ehe sie in den Ehestand eintrete.

Ach! rief der alte Karsten, liebste Wallbachin, das sind ja Redensarten. Was soll sie denn noch lernen? Sie kann mehr als zu viel von all dem gelehrten Zeug. Was liegt dem Wilhelm daran, ob seine Frau weiß, daß sich die Sonne um die Erde dreht — oder dreht sich die Erde um die Sonne, Wallbach? fragte er plötzlich sich unterbrechend, Du wirst's wohl wissen und mich kümmert's nicht, wie sie's jetzt glauben. Wenn Luise meinem Sohn gut ist, so reicht das hin und ist mehr werth, als der moderne Kram. Und was das Leben genießen betrifft, dazu gehört für eine junge Frau ein hübscher junger Mann, den findet sie in Wilhelm und einen braven obenein.

Auch Herr Wallbach erklärte sich gleicher Ansicht und begriff nicht, wie seine Frau bei diesem

Antrage, den sie lange erwartet und der beiden
Eltern erwünscht geschienen hätte, Einwendungen
machen könne.

Mein Gott! sagte die Mutter, wenn Ihr mich
so drängt, so muß ich die Wahrheit sagen. Luise
will keinen Handwerker heirathen und ich finde,
sie hat Recht.

Das ist um des Teufels zu werden! rief der
alte Karsten und schlug heftig mit der Hand auf
den Tisch. Und was war denn Ihr Vater, der
Färbermeister Müller, anders als Handwerker,
was war denn Ihr Mann anders, als Färber,
noch lange Jahre nach Ihrer Hochzeit? — Nehmen
Sie mir's nicht übel, aber das hat nicht Sinn,
nicht Verstand.

Das hat's in der That nicht, fiel der Vater
ein, den es schmerzte, seinen geprüften Freund auf
diese Weise gekränkt zu sehen. Luise wird die Frau
Deines Sohnes, verlasse dich darauf.

Aber sie liebt ihn nicht, sagte die Mutter, ich
weiß, daß sie ihn nicht liebt.

Das wird sich finden, meinte der Vater.

Da faßte sich Madame Wallbach ein Herz und
sagte: Haben wir darum unserer Tochter eine Erziehung gegeben, deren sich keine Gräfin zu schämen
hätte, damit sie, die zur Gräfin gut genug wäre,
einen Maurer heirathe? — Ich bin ganz gegen
diese Heirath und habe andere Pläne für Louise.
Mit diesen Worten verließ sie das Zimmer und
Herr Wallbach suchte den alten Karsten zu besänf-
tigen, der heftig auffuhr.

Das sind die Folgen des Hochmuths, alter
Wallbach! nun hast Du's, daß sie Dir im eigenen
Hause nicht mehr gehorchen, daß sie sich einbilden,
weil Luise französisch plappern und Klavier spielen
kann, nun sei sie zu schade für einen ehrlichen Mann,
der viel mehr gelernt hat und viel Besseres, und
zu solchem Firlefanz keine Zeit hatte. Hätte Luise
nichts gelernt und wäre vernünftig geblieben, es
wäre, bei Gott! besser für sie.

Herr Wallbach, der die Heftigkeit seines Freundes
kannte, nahm ihn bei der Hand und sagte sehr
ruhig: Ereifere Dich nicht um eine Weiberlaune,
Karsten! Ich weiß nicht recht, was Mutter und

Tochter vorhaben, gieb mir nur wenig Wochen
Bedenkzeit, und sage dem Wilhelm nicht, was hier
vorgegangen, denn Luise soll seine Frau werden.
Sage ihm, ich hätte Dich gebeten, damit bis zur
Rückkehr meines Sohnes zu warten und verlaß
Dich auf mich, ich setze den Weibern den Kopf
zurecht, der ihnen ein Wenig verdreht scheint. Sie
haben Nichts zu thun und der Müßiggang ist aller
Narrheit Anfang.

Wenig Stunden nach diesem Gespräch, dessen
Inhalt Luise durch die Mutter wörtlich erfahren
hatte, saß sie in bangen Sorgen wegen der Unterredung, die ihr mit dem Vater bevorstand, in
ihrem Zimmer. Vor ihr Herthal, der die Erlaubniß
erhalten, sie für die Mutter zu malen und, nach-
lässig wie er war, die Arbeit nicht zur rechten Zeit
beendet hatte.

Luise hatte den Kopf gegen ein Epheuspalier
gelehnt und sah schmachtend gen Himmel, während
ihre Hände einen Lilienkranz hielten. Das war
die Stellung, welche Herthal für das Bild gewählt
hatte. Eine Weile malte Herthal schweigend fort,

dann legte er plötzlich Pinsel und Palette hin und
sagte: Ihr Blick, Signora Luise, ist heute wunder-
sam dem Gedanken angepaßt, den ich in Ihrem
Bilde auszudrücken wünsche. Es ist der Schmerz
einer poetischen Seele, die sich verkannt sieht in
unwürdiger Umgebung; der Ausdruck einer Gott=
gebornen, die man an das handwerkmäßige Treiben
der Erde ketten will. Aber daß Sie so aussehen,
betrübt mich tief. Sie leiden, Luise, und Sie ver=
bergen es mir, Ihrem Lehrer, Ihrem treuesten
Freunde. —

Luise war verwirrt und schwieg, während sich
Thränen in ihre Augen drängten. Da legte Her=
thal plötzlich Pinsel und Palette nieder, trat dicht
vor sie hin, schloß sie in seine Arme und sagte:
Wir lieben uns, Luise, Ihr Herz ist mein, Ihre
Zuflucht in meinen Armen. Wie mein höchstes
Gut will ich Dich beschützen! Laß mich die Thränen
einschlürfen, die Du der Entweihung Deiner selbst
weinst. Flüchte mit mir in den Himmel der Kunst,
in dem wir leben wollen immerdar.

Luise war überrascht und versuchte sich der

dreiften Umarmung zu entziehen, aber sie vermochte
es nicht. Ihr Haupt sank an seine Brust, sie
hörte das Geständniß seiner Liebe, sie gelobte ihm
Treue und verschwieg ihm auch die Werbung des
Jugendfreundes nicht. Sie fürchtete den Zorn
ihres Baters und wollte doch hineilen, ihm das
Glück zu verkünden, das ihr in dem Geständniß
Herthals geworden war. Er selbst aber hielt sie
davon zurück.

Laß die Knospe erst erblühen, Geliebte, sagte
er, ehe Du sie dem Auge des Ungeweihten Preis
giebst; laß unsere Liebe, unser Vertrauen erst
wachsen zu mächtigem Baume, damit er stark sei,
allen Stürmen zu trotzen, die uns drohen. O
das Geheimniß ist süß!

Allen Einwendungen Luisens wußte er mit der
Vorstellung zu begegnen, daß Herr Wallbach sie
trennen, daß sie ihn nicht wiedersehen würde. Gehe
hin und Du wirst sehen, wie Deine Botschaft
aufgenommen wird von einer Familie, der die
Schwingen fehlen, zum Aether emporzubringen, die
fest an der Materie klebt und nicht begreift, daß

die Liebe sich selbst genügt, daß sie die Paläste
flieht, um glücklich zu sein in einer Hütte.

Luise wußte sich nicht zu rathen. Ihr kindliches
Gefühl, das offene, treuherzige Verhältniß, das bis=
her unter den Familiengliedern geherrscht, machten
sie schaudern vor jeder Heimlichkeit und Unwahrheit,
und sie erwog auch die Schwierigkeiten, die ihrer
Liebe entgegenstanden. Sie wußte, wie gering ihr
Vater die Kunst und besonders Herthal schätzte;
sie kannte den Willen ihres Vaters, der sich von
jeher für Karsten entschieden, und doch waren es
grade diese Hindernisse, die ihr das Verhältniß in
einem romantischen Lichte zeigten und sie dafür ein=
nahmen.

Kaum waren die Liebenden über die Nothwen=
digkeit des Geheimnisses einig geworden, als die
Mutter und der Professor eintraten, der das Bild
zu sehen wünschte, von dem ihm Madame Wallbach
gesprochen hatte.

Bereitwillig stellte Herthal das Bild in das
rechte Licht. Es war fast vollendet. Luise, ein
blühendes, lebensfrohes Mädchen, deren jugendlicher

Frohsinn gerade das Reizendste an ihr war, saß auf der Leinwand in der trauernden Stellung einer Genoveva. Sie blickte ziemlich nichtssagend gen Himmel und hielt den weißen Lilienkranz in der Hand; man wußte nicht wozu? nicht weshalb? —

Die Mutter lobte das Bild. Der Professor besah es lange, dann sagte er: Ich glaube, es mag dahinter irgend eine Allegorie, ein poetischer Gedanke stecken, aber ich verstehe ihn leider nicht. Wollen Sie ihn mir deutlich machen? —

Luise schickte sich dazu an, Herthal aber ließ sie nicht zu Worte kommen. O! rief er, bitte mein Fräulein, verlieren Sie Ihre Mühe nicht an Jemand, der für die Kunst nicht empfänglich scheint, und empfahl sich beleidigt.

Da brach der Professor in ein unaufhaltsames Gelächter aus und rief: Das ist ja das erbärmlichste Gepinsel, das je gemalt worden ist! Wie konnten Sie sich zu dem unglücklichen Bilde hergeben? Liebes Fräulein, das ist die Bescheidenheit zu weit getrieben. Sie sehen ja aus, wie ein blaß-

geweintes Vergißmeinnicht und noch kläglicher als
das! —

Luise, in größter Betrübniß über die Kränkung,
die ihrem Geliebten widerfahren war, sprach viel
Unklares über Kunst und Mangel an Kunstsinn,
wie sie es von Herthal gelernt, der auch in diesem
Punkte ihre gesunden Begriffe verwirrt hatte. Die
Mutter aber, der die blühende Tochter doch eigent=
lich viel besser gefiel, als das schmachtende Bild,
stimmte dem Professor bei und man nahm es von
der Staffelei, um es dem Vater zu zeigen, bei dem
sich zufällig der Doktor befand, dessen wir schon
früher erwähnten.

Ich verstehe Nichts von Kunst, sagte der alte
Wallbach, als er das Bild sah, aber ich denke,
was wirklich schön ist, muß auch auf den gewöhn=
lichen Menschen einen angenehmen Eindruck machen.
Dies Portrait aber sieht so albern aus, wie Luise
Gott Lob nie aussehen wird, und es bestätigt, was
Franz und Wilhelm Karsten und der Doktor immer
behaupteten, daß Herthal Nichts vom Malen ver=
steht.

Das Komische ist, sagte der Professor, daß der Hintergrund, die Epheuwand, mehr hervortritt, als die Figur. Dadurch sieht es aus, als ob die Heilige mit dem Lilienkranz und dem tragischen Ausdruck sich verstecken wollte, wofür man keinen Grund hier sieht. Wenn ich nur wüßte, was Herthal eigentlich gewollt haben kann? —

Er wollte eine Seele malen, die von unwürdigen Fesseln an die Erde gekettet wird, sagte Luise, während sie mit dem Weinen kämpfte.

Nun ja, das ist eine Verkehrtheit, wie ich sie nur Herthal zugetraut habe, sagte der Professor. Es ist die Thorheit aller Unverständigen, daß sie mit der Kunst leisten wollen, was sie nicht zu leisten vermag. Er will malen, was nicht zu malen ist — ganz abstrakte Seelenzustände. Er will auf dem Klaviere spielen, was nicht zu spielen ist, etwa das Sterbegeröchel gefallener Krieger oder die Freude der Engel im Himmel über die Buße eines Sünders. Bis zu einem gewissen Grade ist es möglich, die Gefühle durch Musik anzudeuten, den Charakter und die Stimmung eines Menschen in seinem

Bilde auszudrücken. Darüber hinaus wird es kin=
dische Spielerei. Wir können sehen, daß ein Mann
dem Schmerze erliegt, selbst wenn sein Antlitz uns
abgewendet oder verhüllt ist. Wir sehen ein junges
Weib dem blühenden Knaben zulächeln, der auf
ihren Knieen spielt, und wir schließen, daß Mutter=
seligkeit sie lächeln mache. Ob aber ein Gelehrter,
der am Schreibtisch nachdenkend dasitzt, über die
Apokryphen oder über Kattunfabrikation nachdenkt,
ob Fräulein Luise auf dem Bilde über das Welken
der Lilien, über ein Kleid, das der Schneider ver=
dorben, oder über verkannte Gefühle trauert, das
zu enträthseln, ist nicht möglich, ist nicht zu malen,
und sollte darum auch nicht gemalt werden.

Vollkommen meine Meinung, lieber Professor!
sagte der Doktor. Das eigentlich Malerische ist
allein die Form, in der sich das Leben offenbart.
Daß die Maler der Griechen und Römer darauf
kamen, ihre Gottheiten zu malen, die in mensch=
licher Gestalt unter ihnen wandelten, mit ihnen
kämpften und liebten, das war ganz in der Ord=
nung und ergab in konsequenter Folge das Ideal

5*

der Menschengestalt. Indeß ist es mir immer auf=
fallend geblieben, daß die christliche Kirche den
Bilderkultus zulieβ. Sie verkleinern nach meinem
Gefühle die welterfüllende Größe der Madonna,
des Heilands und des heiligen Geistes, indem sie
dieselben den Menschen in menschlicher Gestalt vor
Augen führen. Sie verbannen sie aus dem Aether
auf die Erde. Eingehüllt in ahnungsvolles Em=
pfinden, unsichtbar, ohne Form die Welt erfüllend,
wie der Allmächtige, wären sie erhabener und gött=
licher geblieben. Was die Madonna von andern
Müttern, den Heiland von andern Menschen unter=
scheidet, kann die Kunst nicht darstellen. Die
schönste Madonna ist immer auf der Leinwand nur
ein schönes, glückliches, oder als Mater dolorosa,
unglückliches Weib. Die Verklärung, die Gott=
durchglühung, in der sie leuchten mußte, sie, die
gewürdigt ward, den Sohn Gottes in ihrem Schooße
zu tragen, ist unerfaßbar für irdische Sinne und
darum nicht darstellbar. Dasselbe gilt von dem
Heilande, und es wäre in künstlerischer Beziehung
ein großer Fortschritt gewesen, daß der Protestan=

tismus sich lossagte von der Form, um im Geiste
des Unerfaßbaren geistig anzubeten, wenn damit
die Madonnen = und Heilandsmalerei wenigstens
bei den protestantischen Malern ihr Ende erreicht
hätte.

Aber die Kunst, wendete Luise ein, schöpft
doch gerade die höchste Begeisterung aus dem
Katholizismus.

Das bestreite ich, mein Fräulein! entgegnete
der Doktor. Wenigstens können Sie nicht läugnen,
daß die Kunst bei den Griechen auch ohne den
Katholizismus vortrefflich gedieh. Die Kunst er=
fordert ein Verstehen der Natur, eine Liebe für
Schönheit, und in Beiden waren die Griechen uns
voraus, was schon, für diesen besondern Fall, daraus
hervorgeht, daß sie Semele in Jupiters Armen
sterben lassen, als er sich ihr in seiner ganzen
Göttlichkeit offenbart. Indem sie den Menschen
erliegen lassen vor der göttlichen Größe, weisen sie
mit richtigem Gefühl den Künstler auf die Sinnen=
welt hin. So wenig man das Licht als Licht
malen kann, eben so wenig das Göttliche. Wie

sich der Künstler begnügen muß, die Wirkung des
Lichtes durch Wolkenfärbung, durch die Streiflichter
im Laube anzudeuten, so hat er Alles gethan, was
möglich ist, wenn er uns in schönster, menschlicher
Form die rein menschlichsten, d. h. die von Gott
stammenden Empfindungen ahnen läßt. Leiht er
aber, wie im Bilderkultus, der Gottheit die Züge
des Menschen, schafft er Gott nach seinem Eben-
bilde, so ist das, streng genommen, eine Entweihung
Gottes. Er verhüllt das Göttliche, er bindet die
Gottheit an eine Form, die selbst der Seele des
Menschen zu eng wird, wenn sie sich frei macht
für den Himmel, wenn sie die Erdenhülle, den
Körper, von sich abstreift, um einzugehen in die
ewige Seligkeit des christlichen Himmels.

Damit tadeln Sie also, sagte Luise, die Meisterwerke eines Raphael und Correggio?

Ich tadle sie eben so wenig, als ich das Kind
tadle, wenn es nach den nächstliegenden Bildern
greift, um sich deutlich zu machen über das, was
in ihm lebt und wofür es keine Worte in sich findet.
Auch die Kunst hat ihre Kindheit gehabt, in der

sie sich täuschte über die Grenzen des Möglichen. Das Kind genügt seinem Bedürfniß nach Poesie, indem es eine Märchenwelt, ein Nichtvorhandenes poetisch ausschmückt. Der Mann findet die höchste Poesie in dem menschlich Schönen, wie es sich auf Erden offenbart.

Das klingt sehr poetisch, sagte Luise, der es nicht an Verstand fehlte, wenn sie sich von den durch Herthal erlernten Gemeinplätzen frei machte. Ich glaube, es ist aber viel materieller, als es scheint. Man kann doch nicht behaupten, daß jene Madonnen, die viele Generationen zur Andacht erhoben, kindische Schöpfungen sind, daß Raphael Kindisches schuf.

Das nicht, gewiß nicht, rief der Doktor. Raphael schuf in seinen Madonnen gerade jene Verklärung der Menschengestalt, jene Verherrlichung des Weibes, die ich für den Gipfel der Kunst halte. Daß er aber, indem er den vollendeten Menschen malte, die Gottheit zu malen vorgeben mußte, daß seine Zeit das Bedürfniß nach einer gemalten Gottheit empfand, das ist's, was ich nicht ein kindisches, aber ein kindliches Bestreben nennen möchte. Ein schönes rührendes, aber ächt kindliches Bestreben.

Das heißt, ergänzte der Professor, unser Freund findet es begreiflich, daß man einst Madonnen und Christusbilder malte, aber jetzt soll man es nicht mehr thun. Die zum Manne gereifte Kunst soll Gott im Geiste anbeten, ohne Bild für ihn, und sich nur der Verherrlichung dessen weihen, was er für uns sichtbar geschaffen hat.

Was nützen denn überhaupt die Tausende von Bildern, fragte der Vater, die jetzt alljährlich die Säle der Ausstellung füllen und wie Wunder= werke von einem Orte zum andern herumgefahren werden? —

Die Anderen lachten, weil sie wußten, daß der Vater eben kein großer Verehrer der Kunst sei. Er ließ sich aber dadurch nicht irre machen, sondern fuhr ruhig fort: Ich muß immer hören, daß zu der Zeit, in der ich jung war, ein gänzlicher Ver= fall der Kunst geherrscht habe. Gesetzt, es war so; was ist denn besser geworden, seit die Kunst sich erhoben hat? seit wir so viel ausgezeichnete Künstler und so viel Meisterwerke haben, daß sie kaum untergebracht werden können?

Die Welt umgestalten, sagte der Professor, kann die Kunst allerdings nicht.

Und was kann sie denn sonst? fragte der Vater wieder.

Sie verschönt das Leben, sagte Luise.

Wem denn? fragte der Vater. Dem Reichen, dem es schön genug ist, ohne das. Selbst die öffentlichen Museen, jene Stapelplätze der Kunst, sind nach den öffentlichen Verordnungen auch nur dem „Wohlgekleideten" geöffnet, während der zerlumpte Bettler Winters in den warmen Zimmern der Museen, sicher einen viel wahreren Genuß empfände, als die vornehme Gesellschaft, die über einen verzerrten, verblichenen Heiligen mit Pestbeulen ihr entzücktes Ach! und Oh! schreit.

Darin liegt eine gewisse Wahrheit, sagte der Doktor beistimmend.

Natürlich ist es wahr! rief Herr Wallbach. Was Sie, lieber Doktor, neulich von der Noth des Armen sprachen, war mir aus der Seele gesprochen. Ich habe Nichts dagegen, daß Ihr Euch das Leben durch die Kunst verschönt und verklärt, wie Ihr das nennt, aber erst, wenn es für Alle erträglich ist. So lange noch Elend und Hunger unter uns herrschen, giebt es nur Eine Kunst, die wahrhaft Noth thut, die Kunst, dem Elend zu steuern. Wenn jeder Mensch im Staate Sonntags sein Huhn im Topfe haben wird, dann zahl meinetwegen Millionen für Bilder und Hunderttausende an Musikanten und Wunderkinder. So lange aber noch ein Mensch neben Euch hungert, dem Ihr helfen konntet und nicht geholfen habt, so lange ist es Sünde und Schande, Euer Geld für Bilder oder musikalisches Gedudel zu verschwenden.

Sie gehen darin zu weit, Herr Wallbach, sagte der Professor. Es muß allerdings Etwas geschehen, dem Elend zu steuern, aber mit dem bloßen Bannstrahl gegen die Kunst ist es nicht gethan.

Wenn Alle dächten wie ich, meinte Herr Wallbach, so wäre es doch immer ein Mittel mehr für

den Zweck. Ich sehe lieber ein glückliches blatter-
narbiges Menschengesicht vor mir, als tausend ge-
malte Engel: Sie, mein Herr Professor, sind auch
ein Gelehrter, ein Mann von der Feder. Sie arbeiten still in Ihrem stillen Zimmer, in das die
bleichen Nothleidenden nicht so eindringen. Aber
fragen Sie den Doktor, fragen Sie meinen Sohn
und glauben Sie uns, die wir täglich mit dem
Volke verkehren, die Noth ist furchtbar. Der Zeitpunkt ist gekommen, in dem alle Besitzende mit voll-
kommener Selbstverläugnung Rath schaffen müssen,
um einer gewaltsamen Krisis vorzubeugen, bei der
wir viel mehr zu verlieren haben, als zu opfern
nöthig wäre, wenn wir freiwillig geben, was man
uns nehmen kann.

Das ist eine Besorgniß, sagte der Professor,
der in Gesellschaft von Frauen den Scherz jeder
ernsten Unterhaltung vorzog, das ist eine Besorgniß,
die ich von Ihrem und des Doktors reichem Geld-
kasten aus vollkommen begreife. Ich aber habe
Nichts zu verlieren, als chemische und physikalische
Instrumente und meine Bücher. Tragen die Armen

danach Verlangen, wollen sie mir das nehmen, um
so besser. Ich kann dann nicht mehr studiren, habe
Ferien und Zeit zu einer Reise, die ich mir sonst
nicht erlaube.

Man lachte über den freudigen Ton, mit dem
der Professor das gesprochen und der Vater sagte
ebenfalls scherzend: Gegen Sie und Ihre chemischen
Versuche habe ich Nichts. Sie haben Manches
hervorgebracht, das auch den Armen zu Statten
kommt. Mein Widerwille geht nur gegen das ganze
Heer von jungen Männern, Dichtern, Malern,
Musikern, die gar Nichts thun, gar Nichts nützen.
Schiller war doch auch ein Dichter, aber Professor
der Geschichte nebenher — Herder war Consistorial=
rath — Göthe Minister, und sie fanden Zeit, neben
ihren Berufsgeschäften ihre Meisterwerke zu schaffen,
wenn die Begeisterung über sie kam. Jetzt ist das
anders. Jetzt ist Jeder, dem einmal ein Hochzeits=
karmen gelang, Jeder der einen Walzer spielen
oder leidlich ein Gesicht malen kann, ein Künstler.
Dann setzt er sich hin und wartet müßig, ob die
rechte Begeisterung nicht kommen will? Aber sie

kommt nicht, die Burschen laufen müßig umher, faullenzen oder klimpern und malen, wenn sie die Langeweile gar nicht anders verscheuchen können. Dann soll nachher ein vernünftiger Mann lesen, womit so ein Geck sich die Zeit vertreibt, oder ein ehrliches Mädchen soll, wie Luise, ihr glattes Gesicht hergeben, damit er seine Studien daran macht. Geht mir mit der Kunst und den Künstlern! —

Mit diesen Worten ging der alte Herr davon und an sein Geschäft, um die Arbeiten zu bestimmen, welche während der Nacht in der Fabrik vorgenommen werden sollten, da man vor der Messe Tag und Nacht arbeiten mußte, um den Bestellungen zu genügen. Die beiden jungen Männer freuten sich des originellen Greises und sprachen noch lange von ihm, als sie sich empfohlen hatten und in Eduards Wagen zur Stadt fuhren.

Siebentes Kapitel.

Herr Wallbach ließ ruhig einige Tage vergehen, in denen sein Besuch bei der Generalin stattfand, ehe er mit Luise über den Antrag des jungen Karsten sprach. Er hörte ihre Einwendungen an und drang, da ihm Alles, was sie vorbrachte, unhaltbar erschien, mit Ernst und Güte in sie, ihm die Wahrheit zu sagen. Trotz des Versprechens, das sie Herthal gegeben, ihrem Vater ein Geheimniß aus ihrem Verhältniß zu machen, erfuhr es Herr Wallbach von ihr selbst, denn ihr Herz wurde weich vor seiner Liebe. Er tadelte ihren Mangel an Vertrauen und erklärte, daß er nie seine Einwilligung geben werde, weil er Herthal nach Allem, was er über ihn wisse, nicht für den Mann halte,

dem ein Vater seine Tochter mit Zuversicht an-
vertrauen könne. Thränen von Seiten der Mut-
ter und Tochter, Vorstellungen aller Art von Sei-
ten des Vaters gingen hin und herüber, und obgleich
Luise bestimmt versicherte, niemals die Frau von
Wilhelm Karsten werden zu wollen, so verließ ihr
Vater sie doch zufrieden mit dem Erfolge ihrer
Unterredung.

Er hatte Luisen mitgetheilt, daß er sogleich an
Herthal schreiben und ihm melden werde, wie er
den Unterricht seiner Tochter nicht weiter fortsetzen,
sein Haus nicht ferner besuchen solle. Luise hatte
gebeten und erfleht, ihr das Beisammensein mit
dem Geliebten zu gestatten, wenn sie nie die Seine
werden solle, endlich aber, da Herr Wallbach unerbittlich blieb, sich in das Unvermeidliche gefügt.

Das geschah an dem Tage, an welchem Anna
von Schomberg nach der Fabrik hinausfuhr, um,
wie sie es versprochen, Luise zu besuchen. Sie
fand Luise bleich und erschöpft von heftiger Gemüthsbewegung und leicht geneigt, vor dem gleich-
altrigen Mädchen ihrem Schmerze Worte zu leihen.

Anna ließ sie gewähren und hörte ihr mitleidend zu, denn sie selbst war eben jetzt nur zu bereit, Liebesluft und Liebesleid als das Höchste an Glück und Schmerz zu schätzen. Dann fragte sie: Aber was ist Ihnen denn an Wilhelm Karsten so mißfällig? Ich habe ihn und Herrn Herthal nur flüchtig kennen lernen, doch würde ich unbedingt den Ersteren vorziehen. Karsten scheint mir sehr gebildet und er liebt Sie bestimmt, das verräth sein ganzes Wesen Ihnen gegenüber deutlich.

Er meint es gut, antwortete Luise mit ihrer gewöhnlichen Empfindsamkeit, er liebt mich auf seine Weise, deß bin ich gewiß; aber er kennt mich nicht, er begreift nicht das Streben nach dem Höchsten in mir. Ich tadle ihn nicht, ich beklage nur mein Loos, weil mein Vater nicht davon abgehen wird, daß ich Karsten heirathe. Wilhelm ist brav, er ist klug und gut, aber er hat keine Seele, die mit der meinen harmonirt. Ihn erfüllt die Thätigkeit des Alltagslebens, er kann, wie Ihre Mutter das neulich bezeichnete, nicht ausschließlich leben für seine Frau, er kann nicht mit mir das

Schöne empfinden, nicht mit mir weinen vor Entzücken über das Erhabene.

Ich glaube, Sie thun ihm Unrecht, entgegnete
Anna, denn ich habe ihn warm ergriffen gesehen,
so oft das Gespräch sich auf Gegenstände wendete,
die Theilnahme verdienten.

Das täuscht gar oft, meinte Luise. Fragen Sie
Wilhelm nach dem Neuesten und Besten, was es
in unserer oder der französischen Literatur giebt,
fragen Sie ihn nach den ausgezeichnetsten Musikern,
die sich hier hören lassen — es ist ihm Alles fremd,
er denkt nicht daran, er weiß gar nicht, daß er
Etwas entbehrt.

Aber Herr Karsten hat so viel Geschäfte, sagte
Anna, ist von so vielen Seiten in Anspruch genommen, daß er dazu nicht Zeit haben wird. Denken Sie nur, wenn er Abends ermüdet ist von der
Arbeit des Tages, da mag er wohl nicht Lust fühlen,
sich selbst mühseligen Studien zu unterziehen oder
Konzerte zu besuchen. Daß er Sie wählt, das
scheint mir grade dafür zu sprechen, daß er Sinn
für all dergleichen hat, und er wird es künftig

genießen können, wenn Sie ihn Theil nehmen
lassen an dem, was Sie selbst treiben.

Um einem müden Manne die Zeit zu ver-
kürzen, warf Luise höhnend hin, habe ich meine
Talente nicht auszubilden versucht.

Beste Luise, sagte Anna, ich mag es wohl nicht
besser verstehen, weil ich selbst keine Kunst ausübe, aber
mir würde es das höchste Glück gewähren, einem
Manne, der für mich gearbeitet und gesorgt hat, Freude
zu bereiten durch das, was ich kann und weiß.

Das denken Sie nicht, Anna! rief Luise, Sie
kennen unsere bürgerlichen Verhältnisse nicht. Die
Erziehung, die man uns giebt, die Art, in der man
unsern Geist, unsern Geschmack ausbildet, ist weit
verschieden von der Erziehung, welche die Männer
genießen. Sie sind auf ihre Brodstudien angewiesen,
alles Schöne bleibt ihnen fremd, und diese kalten,
prosaischen Menschen drängt man uns zu Männern
auf, nachdem man uns genährt hat mit Poesie und
Kunst. Das giebt ein ewiges Mißverhältniß und —
mißdeuten Sie den Ausdruck nicht — wir sind zu
Schade für unsere Männer.

Zu Schade! rief Anna, weil wir ein paar
Vokabeln mehr wissen, als ein Mann, oder ein
Talent ausgebildet haben, das er nicht besitzt?
Aber dafür kennt ja der schlichteste Mann Welt
und Leben viel besser, als wir, dafür hat er große
Interessen, die uns fehlen. Sprachkenntnisse und
all die andern hübschen Dinge, mit denen man
uns in der Jugend beschäftigt, sind ja nichts Un=
gewöhnliches, sind nur Mittel zur Bildung. Alle
meine Freundinnen, der ganze Kreis meiner Bekann=
ten haben mehr Talente, verstehen mehr Sprachen
als ich, aber sie finden nicht, daß mir deshalb
Etwas fehle, weil wir uns sonst an Bildung ziem=
lich gleich sind. Ich glaube, Sie überschätzen die
zufälligen Vorzüge, die man durch solche Kenntnisse
besitzt. Sie sind etwas ganz Alltägliches, sehr
angenehm für den, der sie hat, aber sie geben dem
Menschen keinen besonderen Werth. Ich wenig=
stens finde nicht, daß Baron Soldern deshalb
liebenswürdiger oder bedeutender ist, als Doktor
Meier oder Ihr Bruder, weil er artig zeichnet und
musizirt, was jene Herren nicht können.

6*

Louise mußte sich im Innern gestehen, daß Fräulein von Schomberg Recht habe, sie ahnte, daß sie selbst aus persönlicher Eitelkeit die Fertigkeiten, welche sie erlangt, nach Art geistiger Emporkömmlinge, zu hoch anschlage; aber sie mochte es nicht zugestehen und sagte von dem Gespräch ablenkend: Ich hoffe, Franz kommt in den nächsten Tagen zurück.

Sind seine Geschäfte beendet? fragte Anna.

Das ist eine eigene Sache, meinte Luise. Wir erfahren sonst in der Regel, was Franz zu thun hat, wenn er verreist. Diesmal aber unterhandelten Vater und Franz in der Stille, selbst die Mutter erfuhr den eigentlichen Zweck der Reise nicht, und wir glauben Beide, da Franz nach Königsberg gegangen ist, er werde sich dort verloben wollen.

Ihr Bruder? fragte Anna erbleichend, weil all ihr Blut zum Herzen strömte.

Ich glaube es, sagte Luise sorglos. Franz ist sehr geheimnißvoll, indeß das ist mir nur der Mutter nach manchen Andeutungen klar geworden, daß Franz in Königsberg ein Mädchen kennt, die sein Ideal ist. Ich bilde mir ein, es ist die Tochter des dortigen Handelsfreundes meines Vaters. Sie soll sehr schön und geistreich sein, und als ich Vater neulich fragte, ob Franz einmal Fräulein N. heirathen werde, lachte er und meinte, das sei nicht unmöglich und solle ihn freuen.

Anna war ihrer Fassung kaum mächtig. Sie liebte Franz, sie hatte auf ihn gehofft, er hatte sie an seine Liebe glauben lassen und er war verreist, um sich zu verloben. Ihr, die fast niemals weinte, drängten sich die Thränen in die Augen und um sie zu verbergen, stand sie schnell auf, und nahm unter dem Vorwande, zu ihrer Mutter heimkehren zu müssen, Abschied.

Luise bat sie zu bleiben, dankte ihr für den Trost, den es ihr gewährt, sich mittheilen zu können und sagte: Nur das Eine wüßte ich von Ihnen gern: glauben Sie, Anna, daß Sie mit einem Manne glücklich werden könnten, wenn Sie früher einen anderen geliebt?

Ich weiß es nicht, antwortete Anna ganz zer=
streut.

Ach, Sie haben nie geliebt! rief Luise. Anna
antwortete nicht. Sie hüllte sich in ihren Shawl
und ging mit einem leisen Seufzer an den Wagen,
der ihrer wartete.

Achtes Kapitel.

Tage voll des tiefsten Schmerzes schwanden für Anna langsam dahin. Sie vermied es, die Mitglieder der Wallbach'schen Familie zu sehen, sie wollte versuchen, die Liebe für Franz aus ihrer Brust zu reißen, sie wollte vergessen. Niemand sollte erfahren, daß sie Jahre hindurch liebend das Bild eines Mannes im Herzen getragen, der Nichts für sie empfand. Verschmäht von Franz, erschien sie sich tief gedemüthigt und die warme Verehrung des Barons fing an, ihr wohlthuend zu werden, sie zu erfreuen, weil sie ihr die Empfindung wieder gab, daß ihre Liebe für einen wackern Mann Werth habe.

Sie nahm freundlicher Solderns Huldigungen an, sie hörte gern das Lob, das ihre Mutter ihm spendete, und als er, ermuthigt durch ihr Betragen, bei ihren Eltern um ihre Hand warb, als diese ihr den Antrag verkündeten, stand sie auf dem Punkte, ihre Einwilligung zu geben. Aber plötzlich tauchte, nun sie das entscheidende Wort sprechen sollte, das Andenken des Geliebten in ihr auf. Franz in seiner edeln, kräftigen Männlichkeit, die sich in ihrer Nähe in Weichheit und Milde auflösten, stand vor ihren Augen. Die Erinnerung dessen, was sie gehofft, ward mächtig, es war ihr unmöglich, mit diesen Gefühlen ihre Zustimmung zu geben und sie forderte Bedenkzeit nur für wenig Tage, welche ihr, wenn auch nach manchem Widerstreben der Generalin, zugestanden wurde.

Da kam eines Tages Doktor Meier zu Anna's Mutter und erzählte, daß Franz am vorigen Tage heimgekehrt sei. Anna erbleichte und ihre ganze Kraft zusammennehmend, fragte sie: Ist es wahr, daß er nach Königsberg gegangen war, um sich dort zu verloben?

Wie kommen Sie auf den Einfall, gnädiges Fräulein? fragte der Doktor.

Fräulein Wallbach glaubte es selbst, antwortete Anna, während ihr Auge ängstlich in dem Gesichte des Doktors die Entscheidung zu lesen strebte, die der nächste Augenblick ihr bringen konnte.

Eduard schien nicht überrascht von ihrer Frage, sondern sagte ruhig: Ich weiß es nicht, aber unmöglich wäre es nicht; denn allerdings hat Herr Wallbach es gewünscht und es war die Rede von dieser Verbindung. Ich fahre jetzt hinaus zu einer Berathung wegen des Krankenhauses, das Herr Herr Wallbach gründen will, da werde ich es wohl erfahren, wenn es wahr ist.

Bitten Sie die Wallbachs in meinem Namen, sagte die Generalin, heute den Abend bei uns zuzubringen und kommen Sie auch her, bester Doktor! Ich fühle mich wohler, will mich allmählich wieder an Gesellschaft gewöhnen und weiß, daß mein Mann Niemand lieber sieht, als den alten Wallbach, für den er die lebhafteste Verehrung hat.

Heute sollen sie kommen? fragte Anna entsetzt, und machte dann verschiedene Einwendungen wegen der Gesundheit ihrer Mutter, welche aber von dieser und dem Doktor selbst widerlegt wurden. Es blieb also bei der Einladung, die Eduard auszurichten versprach und Anna ging hinaus, um in ihrem einsamen Zimmer Ruhe und Kraft zu suchen für das Wiedersehen am Abend.

Während deß fand eine ernste Zusammenkunft in dem kleinen Stübchen Statt, das an das Wallbach'sche Comtoir stieß. Herr Wallbach, Franz, die beiden Karsten als Bauverständige, der Advokat der Familie, und der Doktor rathschlagten über Alles, was wegen des Hospitals festzusetzen war, dessen Gründung Herr Wallbach beschlossen hatte.

Er hatte einen großen Platz, den er ganz in der Nähe der Fabrik besaß, für das neue Gebäude angewiesen, Wilhelm Karsten seine Pläne vorgelegt, mit denen sich der Doktor einverstanden erklärte, und man besprach nun ausführlich, in welcher Weise für den Bau, die Gründung und das Bestehen der Anstalt gesorgt werden solle.

Das ist eigentlich Deine Sache nicht mehr, lieber Doktor, sagte Franz, und wir sollten Dich Deinen Geschäften nicht länger entziehen. Wie ich Dich aber kenne, interessirt die Angelegenheit Dich und Du versagst auch den weiteren Berathungen Deine Theilnahme nicht.

Das war allerdings, wie Franz es voraussetzte. Für Doktor Meier war Alles, was einen menschenfreundlichen, gemeinnützigen Zweck hatte, von höchster Wichtigkeit; deshalb antwortete er: Du lässest mir nur Gerechtigkeit widerfahren, wenn Du an meine lebhafteste Theilnahme glaubst. Will Dein Vater mir aber gestatten, thätigen Antheil an seinem guten Werke zu haben, so erbiete ich mich, so lange es in meinen Kräften steht, die Sorge für Eure Kranken zu übernehmen.

Man nahm den Vorschlag dankend an und ging dann zu der Berechnung der Baukosten über. Herr Wallbach wollte, so weit das möglich, alles für den Bau Nöthige, an Tischler-, Schlosser- und sonstiger Arbeit, in den Werkstätten machen lassen, welche sich in der Fabrik befanden. Kalk, Ziegel und Bauholz sollten größtentheils aus seinen derartigen Vorräthen geliefert werden, da er den eigentlichen Bau nicht hoch anzuschlagen wünschte. Er

erklärte lächelnd, er werde die Baukosten schon
irgendwie in seinen Büchern unter den Bedarf
für seine Familie oder unter die allumfassende
Rubrik der Handlungskosten notiren lassen, davon
solle nicht weiter die Rede sein. Er setzte ferner
ein Kapital von dreißig tausend Thalern für das
Hospital fest, und machte die Bedingung, daß
künftig Jeder, der in der Fabrik arbeite, zwei
Procent seines Gehaltes für die Wittwen= und
Krankenkasse der Fabrik hergeben solle.

Und glauben Sie, fragte der Advokat, daß die
Arbeiter zu dieser Abgabe willig sein werden?

Unbedingt, sagte Wilhelm Karsten. Ich habe
eine ähnliche Einrichtung, eine Art Sparkasse für
meine Arbeiter eingeführt und sie sehr bereit dazu
gefunden. Die arbeitende Klasse ist, wo sie nicht
zu sehr verwildert ist, eben so mildthätig als ver=
nünftig. Hartherzig und selbstsüchtig sind nur die
Reichen. Ich habe es oft gesehen, wie Frauen
und Männer in prächtiger, warmer Winterkleidung
ungerührt an dem frierenden Armen vorübergingen,
und sich höchstens mit der Unwahrheit entschuldigten,

daß sie kein Geld bei sich führten. Der Arbeiter
thut das nie. Er weiß, was Noth leiden bedeutet,
und selbst der Arme giebt unaufgefordert sein
Scherflein, wenn er dem Aermern begegnet.

Das ist wahr, meinte Franz. Die Wohl=
habenden belügen sich mit Grundsätzen über die
Schädlichkeit des Bettelns; sie beschwichtigen ihr
Gewissen durch Beiträge, die sie den sogenannten
Wohlthätigkeits = Anstalten zahlen. Auf einen Tau=
genichts aber, der aus Trägheit die Mildthätigkeit
frech belügt, kommen zehn Unglückliche, denen wegen
des bloßen Verdachtes nicht geholfen wird; und
was die milden Anstalten leisten, das kennen wir,
die wir der arbeitenden Klasse nahe stehen, zur
Genüge. —

Sie helfen schon darum wenig, sagte der Dok=
tor, weil ihre Hilfe meist zu spät eintritt. Dem
Verarmenden ist oft zu helfen, dem Verarmten nie;
das aber berücksichtigt unsere kleinliche Armenpflege
nicht. Statt mit hundert Thalern, zur rechten Zeit
gespendet, einer Familie gründlich zu helfen, zögert
man, und zieht es vor, später für den Einzelnen das

Dreifache zu zahlen in monatlichen Unterſtützungen, in freiem Schulbeſuch, Kleinkinderbewahr-Anſtalten und Hospitälern. Daß unabhängige Menſchen dabei elend und abhängig werden, zieht man nicht in Betracht und ſchafft ſich aus ſteuerzahlenden Bürgern ein Heer von Armen, das kaum mehr zu bewältigen iſt.

Das iſt ſo pfiffig gehandelt, ſagte der alte Karſten in ſeiner derben Weiſe, wie jener Mann, der ſeinem Hunde den Schweif in acht kleinen Theilen abſchlug, damit es dem armen Vieh auf einmal nicht zu wehe thäte.

Trotz der ernſten Unterhaltung erregte der Einfall Lachen und Franz ſagte: Mein Vater und wir Alle ſind bei keinem jener öffentlichen Hülfsvereine betheiligt, die nur der Eitelkeit des Gebenden ſchmeicheln und Niemand ſo ſicher nützen, als den dabei angeſtellten Beamten.

Es giebt nur Eine Art zu helfen, dieſe iſt, daß Jeder ſich ſelbſt zum Armenpfleger macht in ſeinem Kreiſe, daß er mit eigenen Augen ſieht, mit eigenen Mitteln und Händen hilft, ſo weit er es

vermag. Was man dabei an Verwaltungskosten
sparte, könnte Hunderten helfen.

Wenn ich im Winter recht behaglich in meinem
Zimmer bin, sagte Eduard, und durch die Scheiben
blickt so ein kummervolles, blasses Frauengesicht,
oder ein Mann, dem das Elend aus allen Zügen
spricht, so frage ich mich immer: warum kommt er
nicht herein und nimmt mir den warmen Rock, da
ich mehrere habe und ihm keinen davon gebe, obgleich ihn friert? Warum soll denn die Frau mit
dem Kaffee, der vor mir dampft, nicht ihre hun-
gernden, frierenden Kinder erquicken, ohne daß sie
mich darum fragt, da mich nicht friert und nicht
hungert, auch wenn sie mir's nimmt? Ich hätte
kaum den Muth, diejenigen des Diebstahls anzu-
klagen, die der Instinkt der Selbsterhaltung, der
heiße Trieb der Mutterliebe zu dem veranlaßt, was
uns ein Verbrechen erscheint. Weil man zu engherzig ist, den Armen auf der Erde zufrieden zu
stellen, verweiset man ihn auf den Himmel, wo
die Huld Gottes ihm Glück gewähren soll. Und
selbst dies Glück wird ihm nur für den Fall ver-

kündet, wenn er den ungeheuren Muth gehabt, all
den Versuchungen zu widerstehen, die Noth und
Elend über ihn brachten. Wir lassen ihn im Elende,
wir schützen ihn nicht vor Verzweiflung, wir thun
Nichts, ihn vor Verbrechen zu bewahren und sind
frech genug, zu sagen, Gott werde so unerbittlich,
der Allweise so kurzsichtig sein, als die irdische Justiz,
die ihn um Verbrechen bestraft, zu welchen die
fehlerhafte Einrichtung unserer Gesellschaft ihn fast
gezwungen hat.

Herr Wallbach machte vom christlichen Standpunkte aus Einwendungen gegen die Behauptungen
des Doktors, aber Franz sagte: Laß das, lieber
Vater! Du weißt, mit dem Doktor verständigst
Du Dich darüber nicht. Ihr geht in der Idee
von verschiedenen Anfangspunkten aus, in der That
handelt Ihr gleich, hilft Meier so gern als Du,
das kann Euch genügen.

Man kam also nochmals auf das Krankenhaus
zurück. Die gerichtliche Schenkung der Gründungs-
summe wurde vollzogen. Man verabredete, daß
der Boden für das neue Haus gleich vorgerichtet

werde und daß man, so bald als möglich, in Ge=
genwart des ganzen Fabrikperfonals den Grund=
ftein legen wolle, um die Arbeiter, welche zum
Beftehen des Hofpitals beitragen follten, auch an
Allem Theil haben zu laffen, was die Anftalt be=
traf. Darauf trennte man fich und der Doktor
Meier begleitete Franz auf deffen Zimmer, weil
diefer ihn um eine Unterredung gebeten hatte.

———

Neuntes Kapitel.

———

Dort angelangt, fragte der Doktor: Was hast Du mir zu sagen, lieber Franz? es scheint Etwas, das Dich lebhaft bewegt: denn Du nahmst schon gestern, als Du bei mir warst, einen Anlauf zu vertraulicher Mittheilung, in welcher wir unter= brochen wurden.

So war es in der That! antwortete Jener. Ich hasse lange Umschweife und möchte, was meine ganze Seele ausfüllt, schnell Deiner treuen Brust anvertrauen. Ich liebe Anna von Schomberg und will sie heirathen.

Der Doktor schien überrascht und sah den, um mehrere Jahre jüngern Freund lange zweifelnd an. Wie kommst Du darauf, Franz? fragte er dann. Du kennst sie wenig, Du kannst nicht wissen, ob sie jemals Deine Neigung erwidern wird. Das ist ein sonderbarer Einfall für einen Mann wie Du! Diese Aufwallung —

Es ist keine Aufwallung, sondern ein reiflich überlegter Entschluß, der lange in mir feststand und dessen Ausführung nur meine Reise verzögerte. Ich kenne Anna seit meinem früheren Aufenthalt in Preußen, ich verlebte in Königsberg zur Zeit der letzten Huldigung mir unvergeßliche Stunden mit ihr und wenn Du mich anhören willst, sollst Du erfahren, wie wir bekannt wurden, wie ich Anna lieben lernte.

Der Doktor bat den Freund um die Mittheilung, die dieser beabsichtigte, und Franz begann also wie folgt:

An dem Tage, an dem Friedrich Wilhelm der Vierte in Königsberg seinen Einzug hielt, um sich von den östlichen Provinzen huldigen zu lassen, war ich in Königsberg und befand mich auf einem der alterthümlichen Balkons, die sich vor den Häusern auf beiden Seiten der Straßen hinziehen.

7*

Diese Balkons waren gedrängt voll elegant geklei-
deter Zuschauer, die Straßen und Häuser mit
Laubgewinden geschmückt, es war gar festlich und
schön. Mit wahrem Enthusiasmus, mit dem Vorsatz ihn zu lieben, erwartete das Volk den König.
Man drängte sich auf den Balkontreppen um einen
Platz, Jeder wollte ihn sehen und unter Anderen
auch ein stelzbeiniger, ordengeschmückter Invalide.
Mühsam hatte er sich einen Platz auf einer der
obersten Stufen erobert, als ein Diener des Hauses ihn fortwies, weil er einem jungen Mädchen,
das zunächst der Treppe saß, die Aussicht ver-
sperrte. Der Invalide machte Gegenvorstellungen,
aber der Diener beharrte bei seinem Befehl und
jener sagte grollend: So geht's in der Welt. Ich
habe mich zum Krüppel schießen lassen für den
Vater, und nun der Sohn einzieht, und man doch
auch sehen möchte, ob er dem Vater ähnelt, jagt
man den Invaliden fort. Trotz dem blieb der
Diener unerbittlich, bis schneller, als ich dazu
kommen konnte, das junge Mädchen aufstand, dem
Alten die Balkonthüre öffnete und ihn nöthigte,

sich auf ihren Stuhl niedersetzen. Das geschah mit eben so viel Selbstständigkeit, als Demuth und das Mädchen war Anna von Schomberg.

Das sieht ihr ähnlich, sagte der Doktor.

Ich wollte ihr einen andern Stuhl besorgen, sie lehnte es ab und sagte: Der Herr und ich werden abwechseln, stören Sie die anderen Sitzenden nicht. Daß sie den Mann aus dem Volke nicht „der Mann," sondern „der Herr" nannte, gefiel mir noch mehr, als ihre erste Handlung. Wir fingen an, mit einander zu plaudern, sahen die Züge vorüberkommen, die dem Könige entgegen gingen, die Gewerke, den Magistrat und was sonst dazu gehörte. Ihnen folgten die Mädchen zum Empfange der Königin, die je nach ihren Verhältnissen in der stattlichen Equipage der Eltern oder in der bescheidenen Miethskutsche an uns vorüberfuhren. Die Meisten sahen strahlend vor Glück und Freude aus. Ganz spät, es war hoher Mittag und drückend heiß, kam ein bleiches Mädchen, gekleidet wie die Empfangsdamen der Königin, zu Fuß dahergegangen. An ihrer Seite ging eine Frau, offenbar ihre Mutter, in tiefer, ärmlicher Trauerkleidung, bleich und kränklich wie die Tochter. O! rief meine Nachbarin, das arme Kind! und keine von all den Glücklicheren hat daran gedacht, ihr einen Platz in ihrem Wagen anzubieten. Sie trauert vielleicht um ihren Vater und hat nur heute für ihre Königin die Trauer abgelegt! Wie viel mag sie gearbeitet haben, um sich das Festkleid zu erwerben! Dann wendete sie sich zu mir und sagte: Sie boten mir vorhin Ihre Dienste an, fragen Sie, wer das Mädchen ist und sehen Sie ihr einen Wagen zu verschaffen, es ist so weit bis zum Thore!

Ich that, wie sie es verlangte, und war so glücklich, schon an der nächsten Straßenecke einen Wagen für Anna's Schützling zu finden. Als ich zu Anna zurückkehrte, dankte sie mir herzlich und der Invalide, der uns für ein Brautpaar halten mochte, sagte: Wenn zwei so gute Menschen zusammenkommen, junger Herr, das giebt einen Ehestand, über den sich Gott im Himmel freut. Anna wendete sich verlegen ab, während ich überdachte, wie

glücklich ich in der That wäre, wenn meine Frau
einmal die reine Herzensgüte, die Menschlichkeit
dieses Mädchens besäße. Von diesem Wunsche
bis zu dem, sie selbst möchte mein Weib werden,
ist die Entfernung gering. Ich fragte sie um ihren
Namen: Ich heiße Anna Schomberg, antwortete
sie, und wollte auch den meinen wissen. Fremde
traten zwischen uns, der König zog ein, die Menge
folgte seinem Zuge, auch auf den Balkons und in
den Häusern brach die Gesellschaft auf, ich verlor
Anna aus den Augen. Vergebens fragte ich die
Wirthin des Hauses nach ihr, in dem wir uns getroffen. Sie kannte sie nicht. Die Stadt war
voll Fremden und Anna war der gastfreundlichen
Frau von einer Generalin K., die ihr ebenfalls
nur wenig bekannt war, als ihre Cousine vorgestellt worden. In jenen Tagen freudiger Erregung
war es genug, ein Preuße zu sein, um überall
freundlich empfangen zu werden; die ganze Stadt
glich einem großen, offenen Gasthause, es war ein
stetes Kommen und Gehen. Diese allgemeine Bewegung erschwerte es mir, Anna zu finden, die ich

eifrig suchte, bis ich sie auf dem Feste wiederfand,
das die Kaufmannschaft in der Börse veranstaltet
hatte. Sie begrüßte mich, wie einen Bekannten.
Ich bat sie, mich der Generalin, unter deren
Schutz sie sich wieder befand, vorzustellen, suchte
mir für die Wasserfahrt, die stattfinden sollte, eine
Karte für dasselbe Schiff zu verschaffen, für das
die Karten der Damen lauteten, und hatte nun
die Aussicht, ein paar Stunden an der Seite der
Geliebten, denn so nannte ich Anna bereits im
Herzen, zu verleben. Der Pregel, der Hafen boten in jenen Stunden einen festlichen Anblick dar.
Wie große, mächtige Wasservögel flogen die vier
Dampfschiffe, welche die Gesellschaft trugen, mit
ihren weißen Segeln dahin. Alle Schiffe im Hafen hatten sich mit Flaggen und Blumen bis auf
die äußersten Spitzen geschmückt und von den Kai's
rief eine dichtgedrängte Volksmenge uns ihr „Vivat"
und „glückliche Reise" zu. So glücklich, als in
jener Stunde, habe ich mich vielleicht nie gefühlt.
Wasser und Schiffe waren mir in den letzten
Jahren, wo meine Reisen mich durch alle Meere

geführt, eine zweite Heimath geworden. Ich fühlte
mich im Hafen einer Handelsstadt, umgeben von
den Schiffen der verschiedenen Nationen, so recht
in meinem Element. Mir war, als ob all der
Jubelruf von den Ufern nur mir gelte, und mir
Glück wünsche zu der neuen Fahrt in's Land der
Liebe. — Ich erfuhr, daß Anna's Vater General
sei. Ihre Freundin hatte Bekannte gefunden, die
sie in Anspruch nahmen; ich durfte während dessen
Anna, die nie ein großes Schiff gesehen, zum Füh-
rer und Erklärer dienen. Als wir hinaus kamen
in das Haff und die Ufer immer weiter zurück-
traten, überkam sie Meeresahnung, obgleich sie das
Meer nicht kannte. Sie ward tief bewegt, faltete
die Hände, wie zum Gebet, und sagte: „Ich glaube,
man müßte recht gut werden, wenn man täglich
solch großartigen Anblick vor Augen hätte, recht
gut und recht ruhig." Dabei sah sie so engels-
fromm und schön aus, daß ich mich vor Entzücken
kaum zu fassen vermochte. Der größere Theil der
Gesellschaft nahm in dem Augenblick eine kleine
Mahlzeit in den Kajüten und auf dem Pavillon

ein. Wir waren ziemlich einsam am Bugspriet.
Ich war übermüthig froh und in einer jener Stimmungen höchster Lust, in denen man etwas Unge-
wöhnliches thun muß, weil man vor Freude sich
selbst nicht genug thun kann, schwang ich mich hinaus auf das Bugspriet, um das schäumende Element dicht unter mir zu erblicken. An und für sich
ist das für den Geübten das gefahrloseste Unter-
nehmen. Anna schrie aber entsetzt auf, und ihr
Schrei brachte mich zurück an ihre Seite, inner-
lichst beschämt über den tollen Einfall, der mich
vor den Leuten wie einen Renommisten darstellen
mußte. — Sie fragte, was mich hinausgetrieben;
ich sagte es ihr, und mit feinem weiblichen Takt
mochte sie in meinen Worten gelesen haben, was
ich nicht auszusprechen wagte, denn sie ward sehr
befangen und hielt sich von da ab in der Nähe
ihrer Freundin. Hier, in Gegenwart einer großen
Gesellschaft, brachte ich noch eine Stunde mit ihr
zu. Was wir sprachen, was sie mir sagte, weiß
ich kaum. Als die Stunde der Trennung kam,
als die Schiffe wieder landeten, die Diener mit

den Wagen ihrer Herrschaft warteten und Alles sich nach den Wagen drängte, führte ich Anna durch die Menge. Eine Rosa-Schleife machte sich von ihrem Kleide los und fiel zur Erde. Ich hob sie auf und bat Anna, sie mir zu gönnen als ein Zeichen des Wiedersehens. Sie fügte sich nach einigem Widerstreben meinem Wunsche, ich hob sie in den Wagen und sah sie nicht wieder, so sehr ich sie liebte.

Franz hielt einen Augenblick inne, verloren in seine Erinnerungen, dann fuhr er fort: Damals stand der Vorsatz, sie aufzusuchen und um sie zu werben, fest in meiner Seele. Aber das Alltagsleben machte seine Rechte geltend. Geschäfte, welche während der Festtage geruht, drängten auf mich ein, es war mir am ersten Tage unmöglich, sie zu sehen; als ich am andern Morgen in das Haus der Generalin K. ging, war Anna, wie mir ein Diener sagte, bereits von ihrem Vater abgeholt und nach dem fernsten Westen der Monarchie gereist, die Generalin K. auf ihre Güter nach Litthauen gegangen. Ich beschloß, ihr zu folgen; Briefe, die

ich von meinem Vater erhielt, verhinderten mich
daran. Ich mußte eilig nach Hamburg, dann nach
Constantinopel. Eine Handelskrisis, bei der wir
mit bedeutenden Summen betheiligt waren, hielt
mich lange dort fest. Als ich zurückkehrte, im Ge=
schäfte Alles wieder geordnet war und ich zur Ruhe
kam, war mehr als ein Jahr nach meinem Be=
gegnen mit Anna verflossen. Ich durfte nicht hoffen,
daß sie mein denke, und doch studirte ich eifrig die
Ranglisten der preußischen Armee, um zu erfahren,
ob ihr Vater noch an dem Orte lebe, nach dem
er mit ihr gereist sein sollte, als sie Königsberg
verlassen. Kein General von Schomberg, wie ihr
Vater nach meiner Meinung heißen mußte, war im
preußischen Heere. Oft dachte ich daran, die Ge=
neralin K. um Auskunft zu bitten, in deren Be=
gleitung ich Anna gesehen; aber die Furcht, mich
lächerlich zu machen, und tausend andere Bedenken
hielten mich davon zurück. Ich dachte Anna's oft,
aber wie einer poetischen Erscheinung, die einmal
in mein Leben geleuchtet; ich hoffte nicht mehr, sie
die Meine zu nennen. Jetzt, da ich sie wieder=

gefunden, da ich ahne, daß meine Liebe nicht uner-
widert ist, jetzt frage ich Dich, glaubst Du, daß
der General mir ihre Hand verweigert? —

Der General vielleicht nicht, weil er zu Deinem
Vater in Beziehungen zu stehen scheint, die ihm
heilig sind; an der Mutter aber wirst Du eine ent-
schiedene Gegnerin finden und ich wollte überhaupt,
Du gäbest den Gedanken auf, antwortete der
Doktor mit vorsichtiger Zurückhaltung.

Da fuhr Franz auf und rief: Eduard, Du
liebst sie selbst!

Der Doktor lächelte schmerzlich. Kennst Du
mich so wenig? fragte er. Liebesleid bewegt mich
nicht. Ich bin fertig mit dem Leben, so weit
es mein persönliches Glück betrifft, und es mag
gut sein, daß es so ist. Nicht für mich bin ich
besorgt, nur für Anna und Dich. Die Generalin
ist stolz auf ihren Adel.

Das glaube ich nicht, sagte Franz, sie ist voll
Güte für uns Alle, voll Herzlichkeit für mich.“

Weil Du ein liebenswürdiger Mann bist und
sie es nicht für möglich hält, daß Du, der bürger-

liche Fabrikant, an eine Verbindung mit ihrer Tochter denkst. Traue mir, ich kenne sie wohl. Sie hat im Grunde ein edles Herz und Sinn für das Schöne, sie ist sentimental und romantisch, aber nur so lange, als es gegen keines ihrer Vorurtheile verstößt. Sie wird gegen Dich sein und Dich tief bedauern.

Der Widerstand reizt mich, sagte Franz. Im Kampfe liegt Glück.

Nein, entgegnete der Doktor, Glück liegt nur im Siege. Es ist ein großes Elend, besiegt zu werden oder sich selbst besiegen zu müssen.

Aber Du hast es doch vermocht, meinte Franz.

Weißt Du, was es mich gekostet? fragte Jener sehr ernst. Danke Deinem Geschick, das Dir nicht, wie mir, bei Deiner Geburt die Titanenarbeit aufgebürdet hat, gegen Vorurtheile zu ringen; daß es Dich nicht zwingt, wie mich, die Geliebte in den schrecklichen Kampf zu verwickeln. Ich wollte mir die Braut ertrotzen, ich ward geliebt, ich betete sie an und mußte sie selbst in die Arme eines Andern

führen. Das war nicht leicht, mein Freund! und
doch kämpfte ich muthig fort, denn dem Unterdrückten wohnt die Kraft inne, sich, ein Antäus,
nach jeder Niederlage zu erheben! Wozu das Geschick herausfordern, wenn es Dich nicht zum
Kampfe zwingt?

Du willst mir Deinen Beistand also nicht
gewähren? fragte Franz.

Den gewähre ich immer, wo man gegen Vorurtheile kämpft. Indeß, Du hast noch einen andern
Kampf zu bestehen. Du hast in Soldern einen
Nebenbuhler und ich fürchte, einen glücklichen!
meinte der Doktor.

Nein, rief Franz leidenschaftlich, nein, Eduard,
das kann nicht sein, sage mir, daß es nicht ist.
Anna soll mir selbst sagen —

Da ließ ihn der Doktor nicht beenden, drückte
dem Aufgeregten fest die Hand und sagte: Ob
Anna ihn liebt, bin ich nicht gewiß; aber er hat
um sie geworben und die Zustimmung der Eltern
erhalten, falls Anna ihn heirathen will.

Woher weißt Du das? fragte Franz.

Durch die Generalin selbst.

Es entstand eine lange Pause. Franz ging stürmisch im Zimmer umher, der Doktor saß nachdenkend da, den Kopf in die Hand gestützt. Endlich blieb Franz vor ihm stehen und fragte: Eduard, Du hast auch geliebt, Du bist ein Mann, aber Du weißt, wie schwer es ist, zu entsagen. Was soll ich thun?

Du fragst mich, sagte der Doktor, und bist doch schon entschlossen zum Kampfe.

Ja! rief Franz, ich bin's. Wenn Anna mich liebt, wie ich nicht zweifle, muß sie mein werden trotz ihrer Eltern Absicht und trotz dem Baron.

Und wenn nicht? fragte der Doktor. Hast Du kein Mitleid mit Anna? Wenn ihr Herz noch ruhig wäre und Du würfest die brennende Fackel der Leidenschaft hinein, von der sie ohne Erbarmen verzehrt wird, weil ihre Eltern Dich nicht zum Sohne wollen, weil dem General der Kaufmannssohn nicht ansteht?

Dann leiden noch ein paar Menschen das Märthrthum, das Du gelitten für den neuen Glauben allgemeiner Gleichheit der Menschen! antwortete Franz bestimmt.

Gut! rief Eduard und schüttelte dem Freunde kräftig die Hand, wenn Du dazu Muth hast, sind wir einig. Sieh zu, wie Du mit Anna stehst, und wenn sie Dich liebt, rechne auf mich bei ihrer Mutter.

So wirst Du noch mein Brautwerber, sagte Franz erheitert. Das ist ein neues Amt für Dich.

Ich sehe darin nur meinen alten Beruf, entgegnete Eduard. Ich reiße eine Mauer nieder, hinter der sich aristokratische Vorurtheile verschanzen. Daß Du aus den zerfallenden Trümmern Dein Haus bauen willst, ist mir Nebensache; doch soll mich's freuen, weil mir Dein Glück am Herzen liegt und Du werth bist, glücklich zu sein.

———

Zehntes Kapitel.

Franz konnte den Abend nicht erwarten, der ihn zu Anna führen sollte. Seine liebende Ungeduld ließ ihn nicht rasten. Es trieb ihn, Anna aufzusuchen, um sich mit ihr über ihr Verhältniß zum Baron zu verständigen, das ihn lebhaft beunruhigte.

Er fand Anna allein, aber obgleich sie ihn freundlich empfing, entdeckte er Spuren von Thränen in ihren Augen, eine Befangenheit in ihrem Wesen, die ihr sonst ganz fremd war, und dadurch erschreckt fand der weltgewandte Mann keine Worte, das einfache Gespräch zu beginnen. Endlich fragte er nach ihrer Mutter.

Meine Mutter, sagte Anna, wird bald bei uns

fein. Sie war Nachmittags mit dem Lesen des Compagnon du tour de France von Georg Sand beschäftigt, und hat es darüber versäumt, ein Billet zu schreiben, was sie jetzt nachholt.

Und Sie lesen den Roman auch? fragte Franz.

Ich bin zufällig noch nicht dazu gekommen, antwortete Anna, und lese überhaupt nicht viel französische Romane. Sie sagen mir nicht zu, ich verstehe sie nicht. Es herrscht darin eine wilde Leidenschaft, ein Uebertreiben und Ueberspannen der Verhältnisse, die mich peinigen. Die ganze Welt, in der sie sich bewegen, die Liebe, die sie schildern, sind mir fremd. Die Menschen finden sich, lieben einander und verlassen sich wieder. — Indem sie diese Worte sagte, begegnete ihr Auge dem Blick des jungen Mannes, der liebend auf ihr ruhte. Sie stockte und ein dunkles Roth über- flog ihr Angesicht.

Franz erglühte wie sie und fragte: Und Sie zweifeln, daß schnell erwachte Liebe dauere?

Anna's Verlegenheit wuchs, sie vermochte nicht zu antworten und blickte eifrig auf ihre Arbeit,

8*

während die Hände bebten, mit denen sie die Nadel zu führen versuchte.

Indem hörte Franz das seidene Kleid der Generalin im Nebenzimmer rauschen, und den letzten Augenblick des Alleinseins benutzend, bat er drin= gend: Sagen Sie mir, Fräulein, daß Sie an eine Liebe zu glauben vermögen, die schnell das Herz durchglühte, um für das Leben zu dauern.

Ich habe einst gewünscht, es glauben zu können, sagte Anna kaum hörbar und setzte Franz mit den Worten in das höchste Entzücken, während sie ihm damit einen Vorwurf zu machen meinte. Er hätte sie in seine Arme schließen, sich ihr zu eigen geben mögen für immer in diesem Augenblick, ohne die Dazwischenkunft ihrer Mutter. Aber während er mit dieser leichthin über gewöhnliche Ereignisse sprach, genoß er mit Wonne das Geständniß, das ihm in Anna's schweigender Erregtheit fortzublühen schien. Er begrüßte es, wie man den ersten Sonnen= blick im Frühjahr begrüßt als Boten schönerer Stun= den. Er gelobte sich Anna nicht zu bestürmen; nicht mit wilder Leidenschaft, wie sie es nannte,

wollte er sie beunruhigen. Er wollte warten, ihre
Liebe sollte sich ruhig und schön entfalten, und der
Himmel unwandelbaren Friedens, dauernder Treue
sollte der Geliebten in seinen Armen werden.

Eine halbe Stunde mochte man geplaudert
haben, als Baron Soldern eintrat. Er begrüßte
die Damen mit einer Art von Traulichkeit, welche
Franz auffiel. Sie ward von der Generalin er-
widert, die ihm die Hand bot, während Anna
sich verwirrt abwendete, als er ihre Hand ergriff
und küßte, als ob er ein gewisses Recht dazu
hätte. Er fragte Franz um den Erfolg seiner
Reise und meinte, ihm selbst würde es schwer
geworden sein, Kaufmann zu werden, weil der
fortdauernde Wechsel zwischen Gewinnen und Verlieren ihm ein unbehaglicher Zustand zu sein
scheine.

Das ist so beunruhigend nicht, sagte Franz,
denn kein besonnener Kaufmann setzt sein ganzes
Vermögen auf eine Karte und es ist dies ander-
seits ein hoher Reiz des Kaufmannsstandes, abge-
sehen von dem Bewußtsein, daß wir der Welt

nützen, indem wir unsern Vortheil wahrnehmen. Der Unternehmungsgeist der Handeltreibenden war es, der die fernen Welttheile mit Europa verband, der sie kolonisirte und civilisirte. Erst wenn Kauf= leute den Vortheil dargelegt hatten, den man von jenen Gegenden ziehen könne, erst wenn sie die Wege gebahnt, Städte gegründet und Staaten ge= schaffen hatten, kamen die Regierungen, um Besitz davon zu nehmen. O! der Kaufmannsstand ist der erste Stand der Welt und ich bin stolz darauf, Kaufmann zu sein.

Ich verkenne gewiß das Ehrenwerthe desselben nicht, sagte die Generalin, ich glaube aber, das ewige Berechnen, das Gewinnenwollen auf Kosten Anderer, macht die Kaufleute leicht engherzig und einseitig.

Im Gegentheil, gnädige Frau, antwortete Franz, grade unter den Kaufleuten werden Sie die freisinnigsten Ansichten, den größten Gemeinsinn finden. Wir schätzen den Besitz nach seinem vollen Werth, aber die Gewohnheit, täglich Summen durch unsere Hände gehen zu sehen, die mehr als

das ganze Vermögen manches Anderen betragen,
macht, daß wir leichter geneigt sind, über bedeutende Summen zum Besten Anderer zu verfügen.
Wer die Möglichkeit hat, schnell zu erwerben, giebt
schneller, als der, welcher mit jeder Gabe seinen
todten Besitz abnehmen sieht; und was das Gewinnenwollen auf Kosten Anderer betrifft, so scheint
mir das auf einem Mißverständniß zu beruhen.

Sie werden doch nicht leugnen, daß darauf
das ganze Wesen des Handels gegründet ist?
Sie kaufen ein, um es dem, der Ihrer Waaren
bedarf, theurer zu verkaufen; um aus seinem Bedürfniß Vortheil zu ziehen, und darin liegt für
mich etwas Unredliches.

Nein, gnädige Frau! wendete Soldern ein,
diesmal haben Sie Unrecht und ich treffe Sie auf
einer falschen Ansicht, die ich bei einer großen Zahl
von Frauen gefunden habe. Sie vergessen, daß
ohne die Vermittlung des Kaufmannes man nicht
im Stande sein würde, das zu erlangen, was
man bedarf, und daß der Kaufmann berechtigt ist,
für die Mühe seiner Vermittlung Lohn von uns

zu fordern. Indeß den ersten Stand der Welt, wie Herr Wallbach es ausdrückt, möchte ich ihn nicht nennen, so lange noch der Adel seine angestammte Würde zu behaupten weiß, so lange die jetzigen Staatsverhältnisse bestehen.

Franz war durch Solderns freundliches Betragen gegen Anna beunruhigt, durch die Art, in der Anna sich von ihm selbst fern hielt, gereizt. Deshalb sagte er ziemlich bitter: Nun, der Adel ist uns bedeutend näher gerückt und Sie möchten wohl wenig Edelleute finden, die den Preis der Wolle und des Getreides, das Fallen und Steigen der Eisenbahnaktien nicht eben so gut kennen, als wir, und ihre Pläne darauf gründen. Mit dem Unterschiede nur, daß sie ernten und genießen, wo wir säen und arbeiten.

Das Arbeiten haben wir allerdings von je her dem dritten Stande überlassen, sagte Soldern lächelnd.

Und dessen Kraft hat sich daran so gestärkt, Herr Baron, entgegnete Franz, daß es Sie vielleicht überraschen würde, wenn Sie dieselbe, von Ihrem

Standpunkte, in ihrer ganzen Macht überfehen
könnten.

Die Generalin begriff das Betragen des jungen
Wallbach nicht, den sie bisher nur als einen voll=
endeten Weltmann gekannt. Ihr war bange, daß
die Unterredung zu einem völligen Streite werden
könne, und sie sagte scherzend: Ich glaube, Herr
Wallbach, Sie sind nicht frei von dem, was wir
Kaufmannsstolz nennen.

Die Knechtschaft, in der sich die Menschheit vor
dem Golde beugt, entgegnete Franz, würde vielleicht
eine Art von Entschuldigung geben, falls ich mich
wirklich dieses Unrechtes und Unverstandes schuldig
machte. Wenn ich meinen Stand für den ersten
halte, so ist das nur in so fern, als die Verhält=
nisse, in denen wir uns bewegen, großartig und
von jeder fremden Meinung unabhängig sind und
wir uns dadurch einen freieren Blick über unsere
Zeit und ihre materiellen und geistigen Bedürfnisse
verschaffen. Im Uebrigen ist gewiß Niemand mehr
als ich von dem Wunsche beseelt, daß die Vorur=
theile schwinden, die jetzt noch die verschiedenen

Stände trennen, daß endlich eine Gesellschaft bei uns möglich werde, wie sie in Frankreich und England besteht, und eine segenbringende Verschmelzung der verschiedenen Elemente stattfinde.

Der Wunsch ist natürlich, meinte der Baron, indeß Sie wissen, wie Feuer und Wasser sich zu verbinden pflegen. Das giebt gewaltige Revolutionen.

Nicht im Geringsten, sagte Franz. Man muß nur Bindungsmittel finden und das sich Zusagende vereinen. Wasser und Erde zum Beispiel verbinden sich leicht und geben durch den Zutritt von Feuer und Luft Gefäße von schönster Form und größtem Nutzen.

Bei Wallbach's letzten Worten erschien der General und mit ihm auch der Doktor. Sie fragten, wovon die Rede sei und erfuhren es in wenig Worten.

Das ist so recht ein Thema für Sie, Herr Doktor! sagte die Generalin. Wenn ich nur wüßte, was aus dem Treiben der Parteien hervorgehen soll und wofür sich die Vorkämpfer der sogenannten Freiheit halten?

Für Scheidekünstler, gnädige Frau, antwortete
der Doktor. Die Gesellschaft gleicht, um ein ähn-
liches Bild, wie mein Freund zu brauchen, einem
vollendet schönen goldenen Gefäß, vollendet, nach
den Begriffen der Zeit, in der es geformt ward.
Aber langer Gebrauch hat die Form verbogen, un-
saubere Hände, die es berührten, haben unreine
Stoffe daran zurückgelassen, und die erweiterte Ein-
sicht der neueren Zeit hat die Vorstellung von noch
vollendeteren, zweckmäßigeren Formen hervorgerufen.
Soll man nun aus schwacher Vorliebe für das
Alte das verbogene, abgenutzte Gefäß behalten?
Wäre es das Ihre, Sie ließen es sicher umschmel-
zen, um es neu und zeitgemäß umarbeiten zu lassen.
Dasselbe wollen wir mit der Gesellschaft thun, wir
möchten auflösen, was unbrauchbar geworden ist.

Und Sie, Herr Doktor, halten sich also für
den Künstler, der berufen ist, der Welt die neue
Gesellschaft zu geben? fragte die Generalin.

Nicht ich bin es und kein Einzelner ist es, antwortete Eduard. Volk und Herrscher, die ganze
Menschheit soll daran arbeiten, Jeder auf seine

Weise; und Ihre schönen Hände helfen vielleicht
bald dabei mit.

Die Generalin bezweifelte das und Soldern
sagte: Sie haben das Talent, Herr Doktor, die
Sachen so darzustellen, daß sie uns nicht abstoßen,
wenngleich sie gegen unsere Ueberzeugung sind.
Ueberall wird gerüttelt und gezerrt an dem, was
uns als heilig von unsern Vätern vererbt, was gut
und schön war. Man entkleidet die Religion ihrer
Poesie, das Königthum seiner Würde, man greift
uns in all unsern Rechten an. Was aber wird
man uns für all das Gute geben, das man uns
rauben will?

Viel und Nichts, meinte Franz, je nachdem
Sie es auffassen. Man nimmt Ihnen Vorzüge,
die Sie bisher gerechter Weise besaßen; denn als
Ihre Ahnen sie erwarben, mochten sie der übrigen
Menschheit in Erkenntniß des Wahren und Schönen
voraus sein. Sie lebten bis jetzt in der Festung
der Vorzüge und der Bildung und das mag noth-
wendig gewesen sein, so lange außerhalb rohe Barbaren hauseten, vor denen sich zu hüten die Pflicht

gebot. Aber die Barbaren sind gute Bürger geworden, sind gebildet, wie Sie; warum sich da
noch länger hinter mittelaltrige Wälle verschanzen,
die Ihnen den freien Luftzug rauben, der die Welt
belebend durchströmt? Allerdings wollen wir diese
Wälle abtragen, damit Sie das Volk kennen und
lieben lernen, das jenseits wohnt, damit Sie sich
der Welt freuen, die schön und frei geworden ist.

Das ist zuletzt, meinte der General, doch eigen-
süchtiger, als Sie eingestehen, lieber Wallbach.
Was uns mißtrauisch macht gegen Ihre Kämpfe
für Freiheit, ist, daß wir verlieren sollen, wo Sie
reichen Gewinn zu erwarten haben. Wo Sie nur
ein Streben für das Recht sehen, glauben wir,
wenn Sie es auch bestreiten, an ein Ringen um
persönliche Rechte.

Im Gegentheil, Herr General! rief der Doktor, ich gestehe Ihnen das zu, aber das schadet
der Güte unserer Sache Nichts. Ich würde den
Menschen verachten, der für sich nicht den höchsten
Grad persönlicher Freiheit und persönlicher Rechte
fordert, die er erringen kann, ohne die Gesammt-

heit zu gefährden. Es giebt nur noch zwei Stände, die Gebildeten und Ungebildeten, und alle Gebildeten können und müssen gleichgestellt sein in der Gesellschaft, wie es alle Menschen vor dem Gesetze sein sollen.

Eine Gleichheit in der gesellschaftlichen Stellung ist nicht möglich, meinte die Generalin, denn es giebt angeborene Standesunterschiede, die sich nicht so leicht verwischen lassen. Bis der Knecht sich Herr, der Unterthan sich dem Edelmanne gleich fühlt, können noch Jahrhunderte vergehen, und ich hoffe das nicht zu erleben.

Da wechselte Franz plötzlich die Farbe, die dunkelste Röthe ging in eine farblose Blässe über und er sagte mit Ruhe und Hoheit: Gnädige Frau! mein Vater war noch vor sechsunddreißig Jahren der Leibeigene Ihres Schwiegervaters und ich fühle mich heute trotz dem Ihnen gleich und ebenbürtig.

Die Generalin erschrak über ihre Unvorsichtigkeit und verstummte vor dem festen Blicke des jungen Mannes. Der General schüttelte ihm die

Hand und sagte ergriffen: Sie sind ein ganzer Mann, lieber Wallbach! während Anna's Blicke mit Entzücken auf Franz ruhten. Soldern war verwirrt und der Doktor genoß mit einer Art von Schadenfreude die Verlegenheit der Generalin, die, eine weltgewandte Frau, sonst nicht leicht ihre sichere Haltung verlor.

Es war in diesem Augenblick peinlicher Stille sehr erwünscht für die Generalin, daß Herr Wallbach mit der Frau gemeldet wurde. Luise war unpaß zu Hause geblieben. Die Generalin ging den Gästen mit großer Zuvorkommenheit entgegen, fragte nach vielen Gegenständen von gemeinschaftlichem Interesse, und von den nächstliegenden Ereignissen wendete sich das Gespräch später wieder zu den Erinnerungen aus der früheren Zeit, wie der General das liebte.

Ich habe Sie schon neulich bitten wollen, lieber Wallbach, sagte der General, uns einmal einen Abriß Ihres Lebenslaufes zu geben, der in vielfacher Weise mit dem meinen zusammenhängt. Wollen Sie uns heute die Freude machen, so werden es Ihnen die Meinen sehr danken, die ich längst darauf verwiesen habe.

Mit dem größten Vergnügen, antwortete Herr Wallbach. Ich fürchte nur, daß es Ihnen nicht des Anhörens werth scheinen dürfte, wenn ich mich Ihrem Wunsche gefügt haben werde.

Die Generalin und Anna aber vereinten ihre Bitten mit denen des Generals und Herr Wallbach begann, wie folgt:

Ich bin auf den Gütern des verstorbenen Marschalls von Dohnen geboren. Mein Vater war sein Unterthan. Mich hob der Herr aus der Taufe und sorgte dafür, daß ich nicht ganz ohne Unterricht blieb. Der Gouverneur des Junkers, Ihres Herrn Gemals, Frau Generalin, ward angewiesen, mir wöchentlich ein paar Lehrstunden zu geben, in denen ich lesen, schreiben und rechnen lernte. Ich wurde zu leichten Diensten im Hause gebraucht und machte erst den Spielgefährten, dann den Diener des Junkers, mit dem ich von gleichem Alter war. So blieb es, bis wir vierzehn Jahre alt waren. Da gefiel uns Beiden ein hübsches

Mädchen aus dem Dorfe. Der Junker fand mich
mit der Kleinen bei der Erndte kosend im Schatten
eines Baumes und befahl mir heftig, im Augenblick fortzugehen und mich nie mehr in ihrer Nähe
finden zu lassen. Als ich mich weigerte, zu gehorchen, schlug er mir mit der Peitsche, die er in
der Hand hatte, in's Gesicht, daß ich zu bluten
anfing.

„Das hat mich oft in der Erinnerung mehr
geschmerzt, als Sie denken können, lieber Wallbach!“ sagte der General ihn unterbrechend.

„Ich würde es nicht erzählt haben,“ entgegnete
Herr Wallbach, „wenn ich Ihnen einen Vorwurf
daraus machte. Sie thaten, was damals Jeder
an Ihrer Stelle sich zu thun erlaubte, denn es
war eine sehr elende Zeit, die hochgepriesene
„gute alte“ Zeit, in welcher Thrannei und Willkür
so allgemein herrschten, daß selbst die Guten aus
schlechter Gewohnheit Recht und Unrecht nicht mehr
zu unterscheiden vermochten. — Als nun damals
der Junker mich schlug, überfiel mich die furcht-
barste Wuth. Ich konnte mich nicht mäßigen und

kam erst zur Besinnung, als Arbeiter vom Felde
mich fortführten und der Junker, blutend wie ich,
davonging. Ich wurde vor den Marschall geführt,
auf seinen Befehl gebunden und in das Schloß=
gefängniß geworfen. Der Herr hatte eigene Ge=
richtsbarkeit, der Justitiarius war ein elender
Mensch, der kein Recht und kein Gesetz kannte,
als den Willen des Marschalls, von dem er sein
Gehalt bezog. An mir sollte ein warnendes Bei=
spiel gegeben werden und Gott weiß, wie hart ich
bestraft worden wäre, hätte mich der Junker nicht
entwischen lassen. Er kam spät Abends in mein
Gefängniß und sagte: Du hast schlecht an mir
gehandelt, aber wir waren Spielkameraden, ich
habe Dich lieb gehabt und ich verzeihe Dir Dein
Unrecht. Mache, daß Du fortkommst, ohne Deinen
Vater aufzusuchen: es würde ihm Ungelegenheiten
machen, glaubte man ihn im Einverständniß mit
Dir. Dabei drückte er mir seine Börse in die
Hand, ging fort und ließ die Thüren offen, aus
denen er vorher die Schlüssel gezogen hatte, die
er mit sich nahm. Bald darauf schlich ich, durch

Hecken und Gesträuche verborgen, aus dem Dorfe, das ich nie wieder gesehen habe. Von dem Gelde, das mir der Junker gegeben, nahm ich so viel, als ich allmonatlich zu bekommen pflegte, das Uebrige ließ ich zurück. Ich wanderte ein paar Tage fort, fand endlich bei einem Färber ein Unterkommen und ließ mich für meine kleine Baar= schaft in die Zunft einschreiben. Jahre schwanden dahin und es ging mir nicht schlecht bei meinem Meister; nur die Furcht, der Marschall, dem ich gehörte, könne mich zurückfordern, schwebte wie ein gezogenes Schwert über mir und verbitterte mein Leben, während in Frankreich längst die Worte „Freiheit und Gleichheit" erklungen waren.

Jene Vorgänge in Frankreich hatten, trotz unserer Unwissenheit, einen merkwürdigen Eindruck auf mich und auf viele meiner damaligen Kamera= den gemacht. Ich hatte auswandern wollen. Das Land, in dem man die Menschenrechte anerkannt hatte, in dem es keine Unterthanen mehr gab, schien mir das Paradies, das einzige, wahre Vater= land aller Unterdrückten zu sein. Aber ohne Zu=

stimmung meines Gutsherrn konnte ich keinen Paß
zur Reise erhalten, und ich wagte nicht, ihn zu
fordern. Ich war Gesell geworden, mein Meister
hatte mich fast eben so gern, als ich seine Tochter,
und Jahre vergingen, wechselnd in Leiden und
Freuden, die Ihnen Allen und mir jetzt auch recht
kläglich und armselig erscheinen würden. Der
Reiche ahnt es gar nicht, von welch' unbedeutenden Kleinigkeiten, von wie geringen Umständen das
höchste Glück und die größte Noth des Armen ab-
hängen.

Da kamen die Franzosen in's Land. Handel
und Gewerbe stockten, der Bauer verarmte und
Niemand kaufte die gedruckte Leinwand, die wir
verfertigten. Es war eine Zeit voller Plagen und
Sorgen; aber mitten durch dies Elend leuchtete
ein heller, heiliger Tag. In allen Herzen tönte
es wieder: „mit dem Martinitage achtzehnhundert
und zehn ist jede Unterthänigkeit und Hörigkeit in
Preußen aufgehoben." Das Vaterland ward auch
uns ein Vaterland im wahren Sinne, denn wir
waren frei. Sie können nicht nachempfinden, mit

welcher Würde, welchem Glück der Gedanke, frei
zu sein, mich beseligte, der ich bis dahin der
Unterthan eines Andern gewesen war. Ein
neuer Muth beseelte mich und ich wagte, trotz der
Kriegswirren, um die Meisterstochter zu wer=
ben und diese, meine Frau, zu heirathen. Mein
Schwiegervater und mein Vater waren vom Ner=
venfieber hingerafft, das im Lande wüthete, wir
standen allein auf der Welt, meine Frau und ich,
und halfen uns kümmerlich durch. In engem
Stübchen, bei spärlicher Nahrung und schwerer Ar=
beit, waren wir doch zufrieden, wenn wir nicht
Noth litten, denn wir hatten uns lieb und diese
Liebe hat uns auch über manche andere schwere
Zeit fortgeholfen.

Im Frühling ein tausend achthundert und drei=
zehn rief der König sein Volk zum Kampfe, der
Druck im Lande war unerträglich geworden, ich
war nicht zweifelhaft, was mir oblag. Ich machte
Alles zu Gelde, was wir irgend entbehren konnten,
ließ die kleine Summe meiner Frau, die jede
Stunde ihre Niederkunft erwartete, und stellte mich

zum Dienste bei der Compagnie, in der, wie ich erfahren, mein Junker als Lieutenant diente.

Nun kommt das Erzählen an mich, fiel ihm der General in's Wort, denn schwerlich möchten Sie nach Gebühr dessen gedenken, was ich Ihnen schuldig geworden bin. Ich war damals ein wilder Mensch. Wallbach erbot sich, gegen ein Gehalt, das er regelmäßig seiner Frau nach Hause schickte, wieder in meine Dienste zu treten. Er gestand, es falle ihm schwer; aber der Gedanke, seiner Frau und dem Sohne, der ihm indeß geboren war, eine Unterstützung zu verschaffen, erleichterte es ihm wieder. Mild und mitleidig für alle Menschen, hielt er mich von tausend Ungerechtigkeiten zurück, zu denen meine Heftigkeit und mein Uebermuth mich in Feindesland hinrissen. Er war mein Mentor in der bescheidenen Gestalt eines Dieners; er befreite mich aus der Todesgefahr, in die ich mich bei einem Liebesabentheuer, leichtsinnig gestürzt; er deckte mich mit seinem Leibe, als ich bei La Barka sur Aube, von einer Kugel getroffen, zusammensank, und fing die Streiche auf,

welche mir bestimmt waren. Selbst schwer ver-
wundet, ward er mein Pfleger in langer Krank-
heit. Wie eine Mutter wachte er über mir Tag
und Nacht, und verschlimmerte dadurch den Zustand einer Handwunde so sehr, daß er für den
Kriegsdienst unbrauchbar geworden war, als ich
von meinem Lager aufstand. Ich habe mich oft
gefragt, wodurch ich diese treue Liebe verdiente? —

O! schweigen Sie, sagte Herr Wallbach. Wir
Beide sind uns im Leben so oft begegnet, haben
so Vieles mit einander abzumachen gehabt, daß sich
nicht herausfinden lassen möchte, wer der Schuldner
des Andern sei. Genug, ich kehrte aus dem Felde
zurück und fing mit dem Gelde, das Sie mir lie-
hen, mein Gewerbe wieder an. Frau und Kind
waren gesund. Ich hatte während des Krieges
von meinen Handwerksgenossen in Deutschland und
Frankreich mancherlei gelernt, das mir zu Statten
kam. Ich zog hierher, fing an, die Leinwand und
die anderen Stoffe, die ich färbte und mit Hand-
druck druckte, im Großen zu kaufen und zu verkaufen, es gelang mir Alles nach Wunsch und ich

hoffte in ein paar Jahren die Summe erstatten zu
können, die ich von dem Freunde, denn das war
mir Dohnen, geborgt hatte. Ich ließ mich in die
Kaufmannschaft aufnehmen und wir gewöhnten uns,
bei wachsendem Vermögen, an ein wohlhäbiges Leben, das uns vortrefflich gefiel. Da störten Ereignisse in der Handelswelt, die viel Fallissemente
nach sich zogen, unser Glück. Kaufleute, an die
ich Forderungen hatte, fielen und zogen mich mit,
trotz meiner höchsten persönlichen Anstrengungen,
trotz allen Opfern, die meine Frau und ich zu
bringen bereit waren.

Daran war ich vielleicht auch nicht ganz ohne
Schuld! sagte der General. Wir Offiziere hatten
uns in Frankreich an ein hohes Spiel gewöhnt
und mein Vater so oft Schulden für mich bezahlt, daß er es endlich müde wurde, um so mehr,
als seine Vermögenslage durch den Krieg gelitten
hatte. Eines Abends war ich mit Russen, die ich
von Paris aus als elende Menschen kannte, in
Gesellschaft. Wir setzten uns trotzdem zum Spiele,
meine Baarschaft war bald erschöpft, ich spielte auf

mein Wort und verlor eine sehr große Summe.
Am nächsten Morgen lief ich zu meinen Freunden,
zu allen Wucherern, die mir sonst geholfen, Niemand konnte oder wollte mir das Geld geben.
Der Abend brach herein, die Russen wollten ab-
reisen und ich sah nicht die Möglichkeit, mein Wort
zu lösen. In meiner Verzweiflung fiel mir Wallbach ein. Ich ging zu ihm, schilderte ihm meine
Lage und bat ihn um das Geld, das ich ihm einst
geliehen hatte. Er gestand mir, daß er selbst in
Verlegenheit sei, fragte, ob kein Aufschub zu erlangen möglich und ging endlich, als ich ihm sagte,
meine Ehre stehe auf dem Spiele, ich riskire kas-
sirt zu werden, tief seufzend an sein Pult. Ich erhielt die verlangte Summe und konnte meine Gläu-
biger befriedigen. Acht Tage darauf stellte der
arme Wallbach seine Zahlungen ein. Ich hätte
vergehen mögen vor Scham und Betrübniß bei
dem Gedanken, daß meine Forderung vielleicht das
Unglück beschleunigt, vielleicht es herbeigeführt hatte.
Ich gelobte Wallbach und mir, nie wieder eine
Karte zu berühren; mein Vater, der seine Hand

von mir abgezogen hatte, söhnte sich mit mir aus,
ich kehrte zur Vernunft zurück, begann ein neues,
besseres Leben und auch Wallbach arbeitete sich zu
meiner Freude wieder empor.

Das heißt, sagte dieser, mittels eines Darlehens
vom Marschall, das sein Sohn für mich erwirkte.
Indeß mußten wir lange Jahre jenen Wohlstand
entbehren, der uns schon zur Gewohnheit geworden
war. Neu zu beginnen von unten auf, ist schwer,
wenn man es besser gekannt. Meine Frau trug
das Leid treu mit mir, es war zu viel für ihre
Kräfte, sie ward krank. Manche Nacht, nachdem
ich den Tag hindurch wie ein Tagelöhner gearbeitet,
saß ich an ihrem Bette und überlegte mit der
Kranken, welche Schmerzen und Sorge nicht schlafen
ließen, wie dem dringendsten Bedürfniß des nächsten
Tages abzuhelfen, wo das Schulgeld für Franz
herzunehmen sei.

Herr Wallbach hielt inne, denn seine Stimme
bebte. Er nahm sich aber schnell zusammen, fuhr
mit der Hand über die Augen und sagte, während
die Seinen und die Generalin ihre Augen trockneten:

Indeß auch das ging vorüber, die Zeiten besserten
sich wieder und der neu beginnende Wohlstand
bot doppeltes Glück. Eine Reihe glücklicher Tage
ist uns geworden. Ich legte die Kattunfabrik an,
sobald ich die Mittel dazu besaß, erwarb Vermögen,
Luise ward uns geboren, ich lernte mit den Kindern,
indem ich sie unterrichten ließ, und dankte Gott
für das Gute, das mir ward. Ich habe seitdem
vorsichtig handeln gelernt und Glück gehabt, besonders seit Franz durch seine Thätigkeit unser
Geschäft um das Dreifache vergrößerte. Gott lasse
es uns auch ferner wohl gehen!

Das gebe Gott! sagte der General, als Herr
Wallbach schwieg, und möge er es fügen, daß ich
Ihnen einst ein Opfer bringen könnte, groß wie
das, welches ich von Ihnen in den Zeiten Ihrer
Noth forderte, ohne daß Sie dabei die Verzweiflung
empfinden, aus der Sie mich retteten.

Die Männer drückten sich die Hände und auch
die Generalin bot ihm ihre Hand, die er kräftig
schüttelte. Wie soll ich Ihnen danken, sagte sie,
daß Sie geholfen haben, mir den wilden Dohnen

zu erziehen? Wir müssen viel besser noch bekannt
werden. Sie müssen mir von Ihren Feldzügen
und von den galanten Abentheuern meines Mannes
erzählen, die er mir verheimlicht. Nebenher wünschte
Anna schon lange, die Fabrik zu besehen; wollen
Sie uns erlauben, Madame Wallbach, daß wir
Sie morgen am Nachmittag für ein paar Stunden
besuchen und zugleich sehen, wie es Ihrer Tochter
geht?

Der Vorschlag ward mit Dank angenommen
und der General sagte: Sie erlauben wohl, daß
wir den Baron mit zu Ihnen bringen, und könnten
uns vielleicht nachher in das Haus des jungen
Karsten führen. Ich möchte einige Bauten in
meinem Grundstück vor dem Thore vornehmen,
möchte sie Karsten übergeben, aber doch vorher
sehen, was er in seinem Hause geleistet hat, das
mir von allen Seiten als ein Muster von schöner
Zweckmäßigkeit gerühmt wird.

Herr Wallbach erklärte das für leicht ausführ-
bar und man schied mit dem Versprechen, sich am
nächsten Nachmittage zeitig wiederzusehen. Vergebens

verſuchte es Franz, ſich Anna zu nähern, ſie hielt ſich fern von ihm, wie den ganzen Abend, und hatte kein Wort, keinen Blick für den, der ſo treue Liebe für ſie hegte.

———

Elftes Kapitel.

Schlaflos, von Zweifeln und Eifersucht bestürmt, brachte Franz die Nacht zu. Er konnte sich Anna's Kälte gegen ihn nicht erklären, er wollte ihr schreiben, sich gegen sie erklären, sie um Aufschluß bitten; aber Alles, was er schrieb, kam ihm kalt und leer vor gegen die Liebe, die er athmete. Er zerriß Alles wieder, er wollte ihr sagen, was er für sie empfand, er mußte am Nachmittage Gelegenheit dazu finden, und gleich in Anna's Augen die Antwort auf seine Bitte lesen.

Die Stunden, welche ihn von dem ersehnten Zeitpunkt trennten, schienen ihm sehr langsam zu vergehen, so daß er, um sich darüber zu täuschen, sich in ein Meer von Geschäften tauchte und ar-

beitete, als gälte es heute Alles zu beenden, was
für das ganze Jahr zu schaffen war. Das Mittel half einigermaßen, und Franz war noch in
einer leichten Arbeitsjacke im Hofe beschäftigt, als
der Wagen des Generals in das Thor der Fabrik
hineinfuhr, von Solbern zu Pferde begleitet.

Franz hatte, ächt kaufmännisch, die gebrauchte
Schreibfeder hinter das Ohr gesteckt und ließ
große Päcke gedruckter Kattune auf einen Wagen
laden, die für ein Handlungshaus der Stadt bestimmt waren. So beschäftigt sah ihn Anna und
erschrak davor. Sie konnte sich des Gedankens
nicht erwehren, daß dies sehr nahe an die Arbeiten
des Volks streife, daß kein Mann aus dem Kreise
ihrer ganzen Bekanntschaft auf diese Weise beschäftigt sei, und es that ihr leid, daß ihre Eltern
und Solbern ihn grade so erblicken mußten. Er
war ihr plötzlich entfremdet. Das war nicht der
elegante Mann, den sie zu sehen gewohnt war!
Sie konnte sich nicht Rechenschaft über ihre Empfindung geben, aber sie schämte sich für Franz
vor den Ihrigen.

Dieser, nachdem er die Damen in's Haus
geführt, entschuldigte sich, daß sie ihn noch im Ar-
beitskleide fänden und wollte sich entfernen, sich
umzukleiden. Der General aber sagte lächelnd:
Ich glaube, es ist Eitelkeit von Ihnen, lieber
Wallbach, daß Sie sich nicht früher umgekleidet
haben. Sie wissen vermuthlich, wie viel Sie bei
dieser Tracht gewinnen, Ich habe wenig Figuren
wie die Ihre in meinem ganzen Regiment, Sie
sind ein Augentrost für einen alten Regimentschef.
Damit klopfte er Franz auf die Schultern und bat
ihn, ihm zu Liebe in der Jacke zu bleiben, die für
den Gang durch die Fabrik ohnehin viel beque-
mer sei.

Der General, der schon früher mit dem alten
Wallbach die Fabrik besucht hatte, zog es vor, mit
diesem in den kühlen Zimmern zu bleiben. Luise
war noch unwohl und so machten die beiden ältern
Damen, Anna, Franz und Soldern sich auf den
Weg.

Franz führte seine Gäste durch die großartigen
Anlagen, in denen tausend Menschen und fünf

riesige Dampfmaschinen um die Wette arbeiteten.
Sie durchwanderten die Färbereien, die Waschan=
stalten, die Werkstätten der für die Fabrik beschäf=
tigten Handwerker. Ueberall war Leben und Thä=
tigkeit, von den hellen, reinlichen Zimmern, in
denen Musterzeichner, Kupferstecher und Graveure
arbeiteten, bis hinein in die düsteren Räume, in
denen ein ewiger, grauer Nebel herrscht und wo
Chlorauflösungen die Stoffe reinigen. Aus den
heißen Zonen, in denen das Zeug über rothglü=
hende Riesenwalzen gerollt wird, um von den letz=
ten Ungleichheiten, den kleinsten Fäserchen befreit
zu werden, geleitete er sie hinab zu den Orten,
an denen die Maschinen die Muster auf das Zeug
druckten. Ueberall gab es Neues für die Damen
und den Baron zu sehen, das Franz ihnen deutlich
und in seinen Beziehungen zu dem Ganzen dar=
zustellen wußte. Erstaunt begriff Anna, welch viel=
seitige Kenntnisse, welche große Uebersicht dazu
gehöre, einem solchen Geschäfte mit Nutzen vor=
zustehen, und der junge Mann in der Arbeitsjacke,
die ihr so widerwärtig erschienen war, stand jetzt

in ganz anderem Lichte vor ihr. Froh und sicher,
wie ein junger Herrscher, schritt er durch seinen
Besitz und durch die Arbeiter hin. Wo er eintrat,
ward er von freundlichen Mienen und Worten
empfangen, so daß die Generalin, davon bewegt,
zu ihm sagte: Sie müssen den Leuten ein guter
Herr sein, bester Wallbach! so wird kein harter
Gebieter begrüßt.

Wir thun, was wir können, gnädige Frau,
antwortete Franz, ihr Loos zu erleichtern und das
Wohlbefinden, das wir ihnen aus billiger Rücksicht
bereiten, vergilt sich reichlich, indem es sie zu bessern
Arbeitern macht. Menschlichkeit und Eigennutz
können hier Hand in Hand gehen und mancher
Egoist würde barmherzig werden, wenn er begriffe,
welchen Vortheil er davon hätte.

Nach Besichtigung der Fabrik wünschte Franz
den Damen zu zeigen, in welcher Weise man die
Dampfkraft für den Nutzen des Haushaltes, in
Waschhäusern, Badestuben und für Bewässerung
der Gärten angewendet habe. Die Generalin fühlte
sich aber von dem Umhergehen ermüdet und kehrte

mit Madame Wallbach und Soldern, der sie
führte, in das Haus und zu Luise zurück. Anna
wollte sich ihnen anschließen, aber Franz bat so
dringend, sie möge ihm noch eine kleine Weile
folgen, daß die Generalin und Soldern ihr zu=
redeten, sich seinem Wunsche zu fügen.

An seinem Arme schritt sie schweigend durch
die schattigen Laubgänge einher, deren Dämmer=
licht und Kühlung heimlich zur Ruhe winkten, zur
Erholung von dem heißen Licht des Tages. Hier,
in den stillen Lauben, tönte nicht mehr das Rasseln
der Maschinen. Es war frisch und still wie in
einer fernen Welt. Ein Springbrunnen, von den
Maschinen getrieben, fiel in ein blumenumblühtes
Marmorbassin und erfrischte die Luft umher. Hier
forderte Franz die Geliebte zum Ruhen auf.

Sie ließ sich an seiner Seite nieder und er
sagte: Dies ist der Ort, an dem ich mich oft und
gern von der Arbeit erhole, an dem ich mich
manchem schönen Traume überließ. Wie oft habe
ich Ihrer hier gedacht, wie oft Sie herbeige=
wünscht!

Es ist schön an dieser Stelle! antwortete Anna,
um nur Etwas zu sagen, denn eine große Bangig-
keit durchzitterte sie, seit sie allein war mit Franz.

Es ist ein Paradies! rief Franz, seit Sie an
meiner Seite sind. Anna! hier ist Alles Ruhe und
Stille, wir sind allein unter Gottes Himmel! —
Er ergriff ihre Hand und schloß sie fest in die seine,
während seine Augen sich voller Liebe in die ihren
tauchten. Anna! sagte er, ich liebe Sie, können
Sie diese Liebe theilen? Wollen Sie mein sein?
— Er umfaßte sie mit starkem Arme und fragte
mit bittender Stimme noch einmal: Willst Du
mein sein, liebe Anna? mein Weib, mein Glück,
mein Alles? —

Thränen verschleierten seinen schönen männ-
lichen Blick. Sein ganzes Leben hing an dem
Munde des Mädchens. Anna's Lippen bebten,
wie die erblühende Knospe zittert unter dem Hauch
des ersten Morgenwindes, der ihr Entfalten begrüßt. Dann drängte sich das heiße Liebesleben,
das bis jetzt verborgen in ihrem Herzen geglüht,
in ihre Wangen. Sie lehnte den Kopf erröthend

einen kurzen Augenblick an die Brust des Geliebten,
raffte sich aber gewaltsam empor und wendete sich
sprachlos von Franz, das Gesicht mit den Händen
verhüllend.

Franz war überrascht und fragte dringend:
Liebst Du mich nicht, liebe Anna?

Da brach ein Thränenstrom aus ihren Augen
und sie sagte bebend: Ja! aber — ich bin Sol=
derns Braut! sobald sein Vater kommt, werden
wir verlobt.

Franz war vernichtet. Sie schwiegen Beide,
dann sagte Franz, wie Jemand, der aus schwerem
Traume erwacht: Anna! das ist nicht möglich,
das kann nicht sein. Du wußtest, wie ich Dich
liebe, Du liebst mich, sagst Du, und ich fühle, daß
es so ist; wie kannst Du die Braut sein eines
Andern? —

Die Milde, die Weichheit in des Geliebten Wesen
überwältigten Anna, sie fiel in seine Arme, die sich
für sie öffneten und sagte leise: Man ließ mich
glauben, Du hättest Dich verlobt, Soldern hatte
längst um mich geworben; da hörte ich, Du kehr-

teſt am nächſten Tage zurück, Du ſollteſt nicht ſehen,
wie troſtlos ich war und ich gab Soldern mein
Wort. Wie elend habe ich uns gemacht! —

Elend? fragte Franz, wir lieben uns ja, wie
ſollten wir elend ſein? Muth, Anna! nur Muth
und Vertrauen, meine Anna! und Alles wird gut.
Ich ſpreche mit Soldern, ich ſage ihm —

Nein, bat Anna, das iſt mein Amt, ich habe
die Pflicht gegen ihn, ich muß mich rechtfertigen,
ihn ſchonen, damit er mich nicht verachte. Soldern
vertraute mir und ich kränke ihn tief, ich breche
ihm mein Wort, das er für heilig hielt.

Da tönten Schritte aus der Ferne, noch einmal
drückte Franz die Geliebte an ſein Herz, dann trennten ſie ſich eilig mit den nöthigſten Verabredungen,
weil man ſie zu ſuchen kam. Der General wünſchte
zu Karſten zu fahren, Franz ſollte ſie begleiten
und bald war man vor dem Hauſe des jungen
Karſten angelangt.

Zwölftes Kapitel.

———

Ein eisernes Gitter umschloß den Hof, in dessen
Mitte das Gebäude lag. Soldern ritt ein neues
Pferd, das sich schon längs des Weges widerspenstig
gezeigt und von dem Baron, der ein trefflicher
Reiter war, nur mit Mühe gebändigt werden konnte.
Um den Damen beim Aussteigen behülflich zu sein,
um Anna schnell zu sprechen, deren langes Allein-
sein mit Franz ihm auffallend gewesen, beschleu-
nigte er den Schritt seines Pferdes, als er in den
Hof einritt. Das machte das Pferd stutzig, es
bäumte sich, Soldern zog ungeduldig die Zügel
straffer, das Pferd wurde wild, da der Reiter es
mit Gewalt zur Ruhe zu bringen strebte, und wollte
sich im wilden Trotze hintenüber werfen, als sich

ein Jüngling entschlossen dem Pferde in den Weg
stellte, es bei den Zügeln ergriff, nach vorn her=
unterriß und so Soldern von gefährlichem Sturze
rettete.

Der junge Mann trug die blaue Jacke und
das lederne Schurzfell der Zimmerleute und hatte
ein so offenes Gesicht, so klug in die Welt sehende
Augen, daß er auf Jeden den angenehmsten Ein=
druck machen mußte. Er trat bald darauf mit dem
Baron zugleich in das Zimmer, in welchem sich
die Angekommenen befanden und sagte: Herr Kar=
sten ist mit einem Regierungsbeamten beschäftigt,
der ihn in dringender Angelegenheit zu sprechen
kam. Ich soll Sie bitten, mein Herr General,
ihn hier einen Augenblick zu erwarten.

Dabei verbeugte er sich und wollte sich entfer=
nen, der Baron aber hielt ihn zurück und sagte:
Mir ist übrigens, junger Mann, als hätte ich Sie
schon früher gesehen.

Ich glaube selbst! antwortete mit feinem Lächeln
der junge Handwerker, wendete sich dann zu Franz,
den er kannte und der ihn fragte: Sind Sie schon

von der Wanderschaft zurück, Blum? ich glaubte, Sie wollten längere Zeit im Auslande bleiben.

Das wollte ich auch, antwortete Blum, aber meine Mutter wurde krank; Herr Karsten, der in meiner Abwesenheit großmüthig für sie sorgte, schrieb mir, sie sehne sich nach mir; da mußte ich wohl zurück. Sonst wäre ich gern ganz in Frankreich geblieben.

Fort vom Vaterlande? fragte der General, dem der junge Mann gefiel. Da war es wohl irgend ein hübsches Mädchen, das Sie dort festhielt?

Nein, Herr General! entgegnete Blum, das Leben ist für unser Einen dort besser als hier. Hier sieht man den Handwerker in Jacke und Schurzfell über die Achsel an, in Frankreich ist das anders.

Wegen des Arbeitsanzuges wird Sie auch hier Niemand gering achten, meinte der General.

Doch! sagte Blum. Es ist mir einmal begegnet, hier in einen Konditorladen einzutreten. Ich hatte schwer gearbeitet, viel verdient in der Zeit und wollte mir eine Güte thun. Ich forderte, wie oft

in Frankreich, Limonade, setzte mich darauf wartend
an einen großen Tisch, an dem nur ein Herr saß
und bat ihn, mir ein Zeitungsblatt zu geben, das
in seinem Bereich lag. Er that es, ohne mich
anzusehen, fragte über die Schulter: für Sie?
aber mit so beleidigendem Tone, daß ich ihn nie
vergessen werde, und setzte sich gleich darauf an
einen andern Tisch. Das war an dem Tage, an
dem Sie mich gesehen haben, Herr Baron, ich
erkannte Sie gleich! sagte er zu Soldern, der vor
dem dreisten Blick des Jünglings verlegen ward.
In Frankreich wäre mir das nicht geschehen. Meine
bescheidene Bitte hätte ein freundliches „avec plaisir,
Monsieur" nach sich gezogen und der Herr hätte
mich belehrt, falls ich ihn um Auskunft über Etwas
gefragt. Ich wäre zu gern in einem Lande geblieben, in dem mich Jeder „mein Herr" nennt,
wenn ich mich nicht wie ein Knecht betrage, wo
mich Jeder für Seinesgleichen hält, wenn ich ein
ehrlicher Mann bin. Hier denkt man, der Handwerker, der Arbeiter sei ein Lastthier, gut genug,
den Andern zu dienen und allenfalls sich einem

wilden Pferde für gnädigen Dank in den Weg zu
werfen.

Soldern wollte auffahren, aber die Mißbilligung,
die er in den Gesichtern der Andern las, machte
ihn beschämt verstummen, als Karsten, sich ent-
schuldigend, dazu kam, und der peinlichen Scene
ein Ende machte, ohne es zu wissen. Er dankte
Blum für Zeichnungen, die er ihm gebracht und
sagte: Wenn Sie Bücher brauchen, gehen Sie in
mein Zimmer und nehmen Sie, was Sie wollen.

Für heute danke ich, antwortete Blum, ich gehe
nicht nach Hause, sondern auf die Herberge, wo
der Sohn meines früheren Lehrherrn freigesprochen
wird.

Viel Vergnügen denn! sagte Karsten, und der
Andere entgegnete: Ob's viel Vergnügen geben
wird, weiß ich nicht, Lärm genug bestimmt, denn
der Alte ist reich und wird was darauf gehen
lassen.

Damit empfahl sich Blum anständig und ging
davon. Soldern sah ihm wüthend nach und fragte:
Wer ist der Mensch?

Der Sohn eines Schuhmachers, ein ordent=
licher Junge, der seine kranke Mutter ernährt,
antwortete Karsten, der Solderns Zorn nicht be=
griff. Blum ist Zimmergesell und ich suche ihm
behülflich zu sein, da er vorwärts strebt.

Eines Schuhmachers Sohn! Ein Zimmergesell!
wiederholte der General für sich und sagte dann
kopfschüttelnd: ein merkwürdiges Zeitalter das
unsere! — indem er Karsten folgte, der die Frem=
den durch seine Wohnung führte.

Das Haus war eben so schön als zweckmäßig
gebaut. In der ganzen Einrichtung desselben, in
allen Dingen, die für den täglichen Gebrauch be=
stimmt waren, sprach sich ein gebildeter Schönheits=
sinn aus. Nichts war auf Prunk berechnet, aber
Alles schön und gediegen, nirgend etwas zu viel,
überall dasjenige, wessen man bedürfen konnte.
Anna's Eltern lobten es nach Gebühr, aber sie
waren die Einzigen, die das Haus mit Freude und
Theilnahme besahen. Franz und Anna, von ganz
anderen Gedanken bestürmt, achteten eben so wenig
darauf, als der Baron, der höchst verstimmt war

durch den Vorfall mit Blum, durch Anna's scheues Betragen gegen ihn und ihre Annäherung an Franz.

Nachdem man Küche, Keller und Stallung durchwandert hatte, ersuchte der General den jungen Karsten, ihn am nächsten Tage zu besuchen, da er ihm den Bau seines Hauses überlassen und gern das Nöthige mit ihm verabreden wolle. Dann fuhren sie fort, begleitet von Soldern, dessen Pferd in Karstens Stall zurückblieb; und mit einem „auf Wiedersehen", das eine ganze Zukunft enthielt, trennten sich heute Franz und Anna.

Als sich Karsten mit Franz allein sah, zog er ihn in sein Arbeitskabinet und sagte: Ich habe eine Angelegenheit auf dem Herzen, die mich sehr beunruhigt. Du weißt ja, daß ich Deine Schwester liebe. Ich besitze leider ihre Neigung nicht mehr, an die ich von Kindheit an glaubte, denn, so unbegreiflich mir das ist, sie liebt Herthal, der das wirklich nicht verdient. Ich frage nicht, was bei Euch im Hause vorgegangen ist, daß Herthal dort nicht mehr erscheint: ich kann es mir denken, wie

ich Deines Vaters Ansichten kenne. Aber Luise ist
jung, läßt sich von ihrer Schwärmerei hinreißen,
und steht, wie ich fürchte, auf dem Punkte, eine
Unklugheit zu begehen. Das möchte ich verhindern,
darum sage ich es Dir.

Was heißt das? fragte Franz erschreckt.

Ich glaube, Deine Schwester muß dem Herthal
Hoffnung auf ihre Hand oder irgend welche Ver-
sprechungen gemacht haben, deren er sich gegen
Fremde auf ehrlose Weise rühmt. Ich habe Be-
weise davon.

So gieb sie auch mir! sagte Franz scheinbar
ruhig, während seine Hand sich krampfhaft ballte,
als stände er Herthal gegenüber.

Karsten gab ihm ein Billet, das an eine ver-
heirathete Frau gerichtet war. Herthal hatte es
geschrieben, bat die Frau um ein Stelldichein, an
einem Orte, der schon zu früheren Zusammenkünften
gedient haben mußte, und vertheidigte sich gegen
den Vorwurf der Untreue. Dabei hieß es: Wie
oft habe ich Dir gesagt, daß ich die kleine Luise
nicht liebe, sondern sie nur heirathen will. Glaube

mir, ich bin es herzlich müde, den zärtlichen Schäfer mit diesem Kinde zu spielen, aber ich bedarf der Freiheit für mich und dich, der Freiheit von materiellen Sorgen, damit mein Genius den Aufschwung nehme, zu dem er die Kraft hat. Luise kann meinen Wünschen nicht widerstehen. Ich suchte sie zu einem Schritte bereden, der sie aus dem elterlichen Hause entfernt, sie in meine Gewalt bringt und den Vater bestimmt, mir ihre Hand zu geben. Ist sie erst mein, so sollst Du sehen, ob ich Dein gehöre, ob ich Dich je vergessen kann.

Franz hatte das Billet zu sich gesteckt, ohne es zu lesen und wollte sich mit einem flüchtigen Lebewohl von Karsten trennen. Der aber hielt ihn zurück und bat: Sei nicht hart gegen Luise! Erspare ihr die Vorwürfe der Eltern, sie thut mir sehr leid! Hörst Du Franz? fragte er, als er bemerkte, daß Franz nicht auf seine Worte achtete, sondern mit einem Fluch auf den Lippen davon stürzte. Franz! rief er nochmals, sage Luise nicht, daß Du die Nachricht von mir hast, sie würde denken, ich wolle ihre Liebe ertrotzen und es ist mir mehr um ihr Glück, als um meines zu thun.

Sobald Franz sich auf der Straße allein sah, las er den Brief und wußte, fast außer sich vor Zorn, nicht gleich, was zu beginnen. Er wollte dem Vater die Sache mittheilen, aber er konnte sich nicht entschließen, dem Mann, der so streng auf die Ehre seiner Familie hielt, eine solche Kränkung zuzufügen. Er wollte Herthal zur Rede stellen; wozu konnte das führen, als zu größerer Veröffentlichung einer Angelegenheit, die er zu verschweigen wünschte? Er war erbittert gegen Luise, und tadelte doch sich selbst, daß er seit den Tagen seiner Rückkehr so wenig gethan, das Vertrauen seiner Schwester zu gewinnen, die ihm mit auffallender Zurückhaltung begegnet war. Er beschloß, ihr, wie Wilhelm gefordert und sein eignes Gefühl ihn trieb, mit Liebe entgegen zu kommen und ging zu ihr, um mit treuem Bruderherzen die Irrende auf den rechten Weg zu führen.

Er fand sie allein und bereitete sie schonend auf das vor, was er ihr zu sagen hatte, aber er fand keinen Glauben bei ihr. Zum ersten Mal im Leben mißtraute sie dem Bruder, der sie nie getäuscht hatte. Da zeigte ihr Franz den Brief von Herthal und unter heißen Thränen warf sie sich an seine Brust, ihn um Schutz und Rath anflehend. Sie gestand, daß ihr Herthal oft geschrieben, daß sie, ihrem Versprechen treu, nicht geantwortet, aber auch nicht den Muth besessen habe, die Briefe den Eltern zu zeigen oder ungelesen zurückzusenden.

Vor einigen Tagen, sagte sie, verlangte Herthal eine Zusammenkunft in einem sehr entlegenen Stadttheile, um mich zum letzten Mal zu sehen. Er versprach mir, ruhig von mir zu scheiden, wenn ich seine Bitte gewähre, mich dagegen trotz des Vaters Verbot hier aufzusuchen, falls ich nicht käme: denn sprechen wollte er mich um jeden Preis. Ich sollte ihm nicht schreiben, sondern hinkommen, wo er mich erwarte.

Und Du hast es gethan? fragte Franz.

Ich wollte es morgen thun, antwortete sie leise. Darauf rief sie flehend: Franz, sei nicht zu streng, ich wollte ihn nur noch einmal sehen, nur Abschied

von ihm nehmen für das ganze Leben. Ich fürch-
tete, er könne hierher kommen, ich fürchtete des
Vaters Zorn. Nun ist's vorbei! nun habe ich
Nichts mehr im Leben!

Du hast die Eltern und mich, sagte Franz, indem er sie an sich zog und küßte, und hoffentlich
ein langes Leben vor Dir, das Glück und Freude
genug enthalten kann. Thue Dir genug, weine
Dich aus an meinem Herzen, Luise, Du findest
keinen Platz, wo Deine Thränensaat reicheres Mit-
gefühl hervorbringt. Liebesleid thut weh, mein
armes Kind!

Er sprach ihr Trost ein, ließ sie ganz in ihrem
Schmerz gewähren, gelobte, den Eltern für's Erste
Nichts von dem Ereignisse zu sagen und erlangte
dafür das Versprechen, daß Luise künftig keinen
Schritt ohne sein Vorwissen thun, und falls Herthal ihr nochmals schreibe, ihm die Briefe überlassen wolle. So schwanden Stunden dahin und
Franz vergaß in dem Bestreben, die Schwester zu
beruhigen, die Unruhe, in der er wegen seines
eigenen Schicksals sich befand.

Dreizehntes Kapitel.

Auch im Hause der Generalin gab es an dem Abende einen peinlichen Auftritt.

Kaum war Anna von der Besichtigung des Karsten'schen Hauses zurückgekehrt, als sie ihre Eltern um eine Unterredung bat und ihnen ihre Liebe für Franz und den ganzen Zustand ihres Herzens enthüllte. Sie erzählte, wie sie Franz seit Jahren kenne und liebe, wie diese Liebe gewachsen, wie sie durch Luisens Bericht irre an dem Geliebten geworden sei, und sich aus Verzweiflung, aus falschem Stolz entschlossen habe, sich mit dem Baron zu verloben, und ihm ihr Wort zu geben.

Die Eltern hörten ihr mit steigender Verwunderung zu und während die Generalin in einem

11*

Nervenanfall zu zittern begann, sagte der General:
Du bist nicht das erste Mädchen, das sich über
ihre Gefühle täuscht oder eine Jugendneigung ihrer
Pflicht opfern muß. Du bist mein Kind und das
hält sein Wort heilig.

Vater! rief Anna erschrocken, nennst Du das
Wort halten, wenn ich die einzige Lüge meines
Lebens durch ein doppeltes Unrecht bekräftige? Ich
fühle es, wie eine schwere Sünde, daß ich den
Baron täuschte, der mich liebte und mir glaubte.
Ich liebe ihn nicht, ich liebe einen Andern und
Du verlangst, daß ich mit dieser Liebe im Herzen
Solderns Frau werde?

Das nicht, sagte die Mutter, ich darf es von
meiner Tochter aber fordern und erwarten, daß sie
eine Liebe aus ihrem Herzen reißt, die ihrer und
unserer unwerth ist.

Nein, bei Gott, das ist sie nicht! rief Anna.
Verdient ein Mann Liebe und Achtung, so ist es
Franz; er ist der edelste Mann voll milder Güte
für Alles, was lebt, ein Freund der Armen und
Geringen, ein selbstbewußtes, abliges Gemüth.

Du schwärmst, meinte die Generalin spöttisch, für den Ritter mit abligem Gemüth, das freilich noch kein Wappenschild giebt, wie es Soldern neben all den Vorzügen besitzt, die Du an Wall= bach rühmst.

Hast Du Soldern gesehen, Mutter! fragte Anna, wie er heute beschämt vor dem jungen Handwerker stand? Einen Mann, dessen Ansicht so von Vorurtheilen beengt, der dieser Rohheit fähig ist in unserer Zeit, den kann ich nicht lieben, nicht achten. Wie anders ging Franz unter seinen Arbeitern umher, wie gütig für Alle, wie geehrt von Allen.

Und Dich lüstet, die Ehre mit ihm zu theilen, die Frau des Fabrikanten zu werden, Deinen alten, edlen Namen gegen den seinen zu vertauschen, allen gewohnten Verhältnissen, Deiner Stellung in der Welt zu entsagen um seinetwillen? fragte der General.

Ja! sagte Anna bestimmt, denn mir gilt die Liebe dieses Mannes mehr als die Rücksichten, die Du mir vorhältst, lieber Vater.

So spricht die Jugend immer, Anna! meinte der General, und doch würdest Du mir vielleicht es nie vergeben, wenn ich Deinem Wunsche Gehör schenkte. Du weißt nicht, was Du opfern willst! Du kennst die Vorurtheile Deiner Standesgenossen; hättest Du selbst den Muth, dem Allen zu widerstehen, ich dürfte es nicht billigen, denn Soldern ist ein wackerer, edler Mensch, wenn auch nicht frei von den Schwächen seines Standes.

Und sind das die Wallbachs? rief die Generalin heftig, ist es der Vater mit seinen Vorurtheilen gegen Künstler? ist es der Sohn mit dem Haß gegen das Bestehende? Ehe ich Dich als die Frau eines Fabrikanten sehe, ehe —

Da nahm der General, der irgend eine harte Aeußerung seiner Frau fürchtete, sie bei der Hand, und beschwor sie, sich zu beruhigen, ihrer Gesundheit zu gedenken. Er schilderte Anna die Hoffnungen, die er auf ihre Verbindung mit Soldern gegründet, die Ursachen, die sie zu einer durchaus passenden machten. Er verweilte lange bei den Vorzügen des Barons, sprach von dem Kummer,

den sie Soldern und ihren Eltern machen würde,
wenn sie ihr Wort bräche; aber Anna blieb unerbittlich!

Hast Du mir darum, lieber Vater, die Grund-
sätze von Pflicht und Ehre eingeprägt, damit ich
ihnen zuwider handle bei der ersten Versuchung?
Glaubst Du, fragte sie, daß Soldern mich zur Frau
verlangt, wenn ich ihm sage, daß ich ihn nicht
liebe, und daß ich Franz meine Liebe angelobt
habe? Oder willst Du, daß ich es Soldern ver-
schweige und Beide betrüge, die Beide mir vertrauen?

Der General versank in ein tiefes Sinnen.
Auch die Generalin schwieg, es war ganz still im
Zimmer und man hörte den gleichmäßigen Pendelschlag einer Uhr aus der andern Stube. Da
stand Anna nach einer Weile auf, ging zu den
Eltern, die auf dem Divan saßen, setzte sich vor
die Mutter auf ein Fußbänkchen nieder, faßte ihre
Hände und sagte: Ihr könnt ja mein Unglück nicht
wollen, liebe Eltern, und unglücklich wäre ich,
müßte ich Soldern's Frau werden, müßte ich mich

der Unwahrheit zeihen gegen meinen Mann. Bin
ich nicht Eure Anna, Euer einziges Kind, das
Euch so unaussprechlich liebt, das Euch gewiß
folgen nnd Freute machen möchte, wenn es irgend
in meiner Macht stände. Aber ich kann es nicht,
glaubt mir, ich darf es nicht. Jeder Pendelschlag
der Uhr bringt den Vater des Barons näher hierher, wollt Ihr mir den Schritt erschweren, den ich
thun muß, wenn ich mich nicht verachten soll? —

Die Eltern zogen sie gerührt zu sich empor,
küßten das schöne, gute Geschöpf und der General
sagte: Wohlan! es sei, wie Du verlangst, ich gebe
meinen Wunsch auf, Du sollst Soldern nicht heirathen, aber — auch Wallbach nicht, Du kennst
die Gründe, die Dir eine bürgerliche Heirath ver-
bieten. Anna erbleichte, machte Einwendungen,
bat, beschwor — umsonst, die Eltern blieben bei
ihrer Bestimmung und Anna entschloß sich endlich,
für's Erste durch einen Brief an Soldern sich ihre
Freiheit zu erkaufen.

Sie klagte sich offen des Unrechts, der Unwahrheit gegen ihn an, und während sie sich gar

nicht zu entschuldigen strebte, war sie nur bemüht,
das Gefühl des Barons zu schonen und ihn zu
bitten, daß er ihr verzeihen, sie nicht seiner Achtung
unwerth halten möge. Der Brief, ein Muster
weiblicher Feinheit und Milde, ward den Eltern
vorgelegt, von ihnen gebilligt und von der Generalin mit einem tiefen Seufzer versiegelt, die Anna
nochmals das Opfer vorhielt, das die Eltern ihr
gebracht hatten und dafür gänzliche Fügsamkeit von
ihr verlangte.

———

Vierzehntes Kapitel.

——

Am Morgen des andern Tags suchte Franz den Vater gleich nach dem Frühstück auf. Das war die Zeit, in welcher der alte Herr am liebsten ernste Angelegenheiten besprach, und eine solche war es, die Franz ihm vorzutragen hatte, denn er verlangte, der Vater solle Anna's Hand für ihn von dem General fordern.

Es ist des Teufels zu werden über die Liebe dieser Kinder! rief er aus, als er sich von seinem ersten Erstaunen erholt hatte. Luise grämt sich und macht sich krank über den Musikanten, der mir von jeher verhaßt war, und Du verliebst Dich in eine Adlige, die der Vater Dir nicht giebt. Was sind das für Thorheiten! Giebt es in dem

Kreise unserer Bekannten keine Frau für Dich, deren Eltern es sich zur Ehre rechnen, Dich zum Schwiegersohn zu bekommen, während Dohnen Dich bestimmt nicht zum Schwiegersohn mag.

Ich fürchte das nicht, entgegnete Franz, denn der General ist ein verständiger, freisinniger Mann.

Aber, er wird Dir das Mädchen doch nicht geben, meinte der Vater, denn er hält viel auf seinen Adel, der ein schönes Vorrecht sein mag für den, der ihn besitzt.

Wenn Du für mich um sie wirbst, lieber Vater, sagte Franz, schlägt Dir der General die Bitte gewiß nicht ab, nach dem, wie er sich neulich gegen Dich geäußert.

Grade darum thue ich es bestimmt nicht, rief der Vater. Grade weil ich das weiß, mag ich ihn um nichts bitten. Weil er sich mir verpflichtet glaubt für uneigennützige Freundschaft, weil er mir ein Opfer zu bringen wünscht, werde ich es nicht fordern. Das steht mir nicht an; ich mag ihn nicht zu einer Ausgleichung zwingen, bei der er glauben würde, mich zu reich bezahlt zu haben. Ich thue es nicht.

So muß ich selbst es thun! sagte Franz, und
der Vater antwortete: Dagegen habe ich Nichts,
vielmehr wünsche ich Dir Gelingen, denn eine
Frau wie Anna ist ein großer Schatz und es ist
Zeit, daß Du eine Frau bekommst. Wann willst
Du mit dem General sprechen?

Sogleich! antwortete Franz.

Gut! sagte Herr Wallbach. Gott sei mit Dir,
lieber Sohn! Er umarmte ihn gegen seine Gewohnheit, schüttelte ihm die Hand und sagte nochmals bewegt: Gott sei mit Dir, mein Sohn!

Das war die Art, in der Vater und Sohn
mit wenigen Worten die wichtigste Angelegenheit
zu verhandeln liebten. Sobald es die Sitte erlaubte, eilte Franz in das Dohnen'sche Haus, bat
den General um eine Unterredung und trug ihm
seine Bitte vor.

Der General hörte ihn schweigend an, dann sagte
er: Ich war durch Anna auf Ihren Antrag vor-
bereitet, die uns gestern offen und wahr, wie es
ihre Art ist, Ihren Antrag mittheilte, und uns
gestand, daß sie Ihre Liebe erwidere. Ich achte

Sie, lieber Wallbach, ich würde gern zu dem beitragen, was Sie Ihr Glück nennen, aber es kann
nicht sein. Glauben Sie mir, es ist nicht möglich.
Wäre Ihr Vater statt Ihrer gekommen, wir hätten
uns leicht verständigt und er hätte mir beigestimmt,
daß ich Ihnen Anna nicht geben darf.

Mein Vater, entgegnete Franz, hat seine Ver-
mittelung abgelehnt, als ich ihn darum bat. Er
wollte nicht, daß Ihre Freundschaft für ihn Sie
zu einer Zusage bewege, die Sie nicht freudig
gäben.

Seht mir den Stolz! rief der General heftig.
Es will mir gar Nichts verdanken, er will den
Stolzen spielen und ich soll ihm mein einzig Kind
auf Gnade und Ungnade übergeben! — Er weiß,
wie die Sachen stehen, wie mir die Hände gebunden sind! Er weiß, daß meine Besitzungen nach
meinem Tode an eine männliche Seitenlinie über-
gehen, daß ich leider kein Kapital gesammelt habe,
daß Anna ihr großes ererbtes Vermögen verliert,
wenn sie einen Bürgerlichen heirathet. Er will
mir Nichts verdanken und ich soll mein Kind arm

machen, damit sein Sohn das arme Mädchen in sein reiches Haus führe. Das darf nicht sein!

Herr General! sagte Franz, mein Vater und ich kannten diese Verhältnisse allerdings. Aber wir halten Anna's von Schomberg Hand für die größte Gabe, die Sie mir gewähren könnten, die ich verlangen kann, auch ohne die Reichthümer, von denen Sie sprechen und deren ich so glücklich bin, nicht zu bedürfen. Mein Vater fürchtete, Sie würden ihn für einen Wucherer halten, der das Unschätzbarste fordert, falls er selbst Sie für mich um Anna's Hand anginge, die durch mein Glück reich vergilt, was er je Vergeltenswerthes für Sie gethan.

Wie gern trüge ich zu dem Glücke seines Sohnes bei, lieber Wallbach! sagte der General. Indeß nicht von Ihrem Glück allein ist hier die Rede. Ich habe das Wohl, die Zukunft meiner Tochter zu bedenken und ich bekenne Ihnen, daß mir diese durch eine Heirath mit Ihnen, mit einem Bürgerlichen gefährdet scheint.

Herr General! fuhr Franz auf.

Ruhig, mein junger Freund! sagte der General, das Bedenken gilt nicht Ihnen, das müssen Sie wissen, sondern Ihren Verhältnissen. Sie und Anna stehen einander gleich an Vorzügen des Herzens, des Geistes und der Bildung, mit tausend Freuden würde ich Sie als Sohn willkommen heißen, wenn nicht der weitere Kreis, in dem Sie leben, gar zu verschieden wäre von der Umgebung, an die Anna gewöhnt ist. Täuschen wir uns darüber nicht, lieber Wallbach! Sie und viele Personen des Bürgerstandes besitzen Bildung und Kenntnisse, die oft die unsern übertreffen; aber jene allgemeine Bildung der höheren Stände ist noch kein Gemeingut unter dem Bürgerstande. Dieser Mangel erzeugt Unterhaltungen, Umgangsformen, die Anna fremd sind, die ihr unbehaglich, in manchem Falle sogar verletzend erscheinen könnten.

Herr General! unterbrach ihn Franz, Ihr Fräulein Tochter kennt aus eigner Anschauung den Kreis, in den ich sie zu führen hoffe und verschmäht nicht, mit mir in demselben zu leben, wie Sie selbst die Güte hatten, mir zu sagen.

Ich sehe, Franz, sagte der General mit Herz=
lichkeit, daß, wie ich auch meine Worte wähle, sie
Ihnen hart erscheinen. Das ist mir leid, aber
ich darf hier keine Rücksicht nehmen, Sie nicht
schonen, da es Anna's Glück gilt, das Ihnen
ebenfalls theuer ist. Anna kennt die bürgerliche
Gesellschaft, sagen Sie, so ist es auch; aber sie
kennt sie im Festtagskleide, nicht im Arbeitsrock.
Der alte Karsten, an sich ein wackerer Mann, und
mancher Ihrer Bekannten, die ihm gleich sind,
werden vor Anna die mildere Seite zeigen, Rück=
sichten für sie nehmen, sich an Formen binden, so
lange sie ihnen ein fremdes Mädchen ist. Das
hört auf, sobald Anna als Ihre Frau ein Mit=
glied Ihres Kreises geworden ist. Glauben Sie,
daß Anna solche Scherze und Unterhaltungen, wie
Herr Karsten z. B. sie liebt, angenehm finden kann?
daß seine Weise ihren bisherigen Bekannten zu=
sagen dürfte?

Herr General, antwortete Franz, Fräulein
Anna steht auf der Höhe der Bildung, von der
aus sie das ächt Menschliche, das wirklich Gute

zu würdigen, das Unwesentliche, Zufällige, gering
zu achten vermag. Ich glaube nicht, daß Fräulein
Anna durch eine Heirath mit einem Bürger sich
von ihrem bisherigen Umgange trennt. Die Bes=
seren, deren Verlust allein der Mühe des Bedauerns
würdig wären, werden ihr bleiben und sich willig
den Personen zugesellen, deren Gesellschaft Sie,
Herr General, sich freundlich in meinem väter=
lichen Hause anschlossen. Anna zu bewahren vor
einer schlecht gewählten Redeweise, vor einer ge=
wöhnlichen Unterhaltung, vor gleichgültigen Men=
schen, ist außer meiner Macht. Daß nichts Unedles,
nicht Schlechtes ihr unter meinem Dache nahe,
daß sie sich der künftigen Standesgenossen, mit
denen ich sie in Berührung bringe, nicht schämen,
daß sie dieselben achten und lieben lernen wird,
dafür bin ich Ihnen Bürge. Es ist ein tüchtiger
Sinn, eine große Ehrenhaftigkeit, gesunde Vernunft
und viel häusliches Glück unter uns, und diese
Vorzüge wiegen manche Mängel auf.

Sie haben Recht, lieber Franz, sagte der Gene=
ral, es ist, wie Sie sagen, aber nur für den Mann.

Sie wissen nicht, wie Frauen an dem Gewohnten
hängen, wie sie unzertrennlich eins sind mit den
Vorurtheilen, in denen man sie erzog. Das ist
kein Tadel für sie, im Gegentheil, Frauen sind
nicht berufen, sich einen Platz zu wählen in der
Welt, sie sollen bleiben, wo das Geschick sie hin-
stellte, wo ihr Leben seine Wurzeln geschlagen hat.
Anna ist verständig, wohlwollend für Jeden; sie
weiß den Menschen zu achten um seines Verdien-
stes willen; aber sie war gewöhnt, den Adel als
den ersten Stand zu betrachten, dem ersten Stande
anzugehören, sich in den ersten Zirkeln zu bewegen und tausend andere Vorzüge zu genießen.
Ihre Erziehung war dafür berechnet, ihr Wirkungs-
kreis sollte dort sein! Anna wird viel Opfer bringen, sich in ihr fremde Zustände fügen müssen.
Wird sie es nie bereuen? wird sie sich glücklich
fühlen können?

Gewiß, das wird sie! rief Franz mit Ueberzeugung. Mit einem Wirkungskreise, wie er sich
ihr bietet, wird Anna glücklich sein, muß grade
sie es sein! Sie liebt das Volk! sagte er immer

wärmer werdend. Ihre Barmherzigkeit für ein
armes Mädchen, ihre freundliche Theilnahme für
einen Invaliden waren es, die mich zuerst auf sie
aufmerksam, sie mir zuerst theuer machten. Wie
eine Fürstin findet Anna unter unsern Arbeitern
und ihren Familien Tausende, die zu ihr empor-
blicken; Kinder, die nach Unterricht, Männer und
Frauen, Greise, die nach Beistand verlangen, den
wir ihnen schulden, den Anna ihnen gewähren
kann. Für Tausende wirksam, von Tausenden ge-
segnet, angebetet von einem Manne, dem sie gern
gehört, hochgehalten von ihrer neuen Familie, kann
ein Mädchen wie Anna keine früheren Gewohnheiten, keine geselligen Verbindungen vermissen. —
Seien Sie unbesorgt, Herr General! ich fordere
nicht eigensüchtig Glück für mich allein: ich weiß,
daß ich für Anna's Glück zu sorgen übernehme,
das mir theurer ist als mein Leben. Vertrauen
Sie mir Anna's Zukunft ruhig an, und mein
Wort darauf, Sie werden es nicht bereuen!

Die Liebe macht Sie zu einem gewandten Ad-
vokaten, lieber Franz! sagte der General, indem er

ihm die Hand bot, und ein tüchtiger Mann im
wahren Sinne des Wortes sind Sie gewiß. Glauben Sie mir, daß ich Ihren Worten gern ver-
traue; doch dringen Sie nicht in mich. Lassen Sie
mir Zeit, mit mir, mit meiner Frau und mit
Anna einig zu werden, reiflich zu überlegen. Gehen
Sie nicht zu Anna, lieber Freund, schreiben Sie
ihr nicht; und längstens in zwei Tagen sollen Sie
meine Antwort wissen. Sind Sie damit zufrieden?

Ich muß wohl! antwortete Franz, empfahl sich
und ging, den Doktor aufzusuchen, den er glücklicher Weise noch zu Hause fand. Er erzählte ihm
von seiner Unterredung mit dem General und von
der Bedenkzeit, die dieser verlangte. Daß Anna
die Erlaubniß erhalten, mit dem Baron zu brechen,
daß dieser von den Eltern begünstigte Nebenbuhler
nicht mehr zu fürchten war, wußten die Freunde
nicht und Franz sprach seine Besorgnisse in dieser
Hinsicht aus.

Deine Sache steht über Erwarten gut, mein
Freund! sagte der Doktor. Der General hat bereits für Dich entschieden. Wie ich ihn kenne, ist

er geneigt, zwischen zwei ehrenwerthen Männern seiner Tochter freie Wahl zu lassen, besonders da diese Wahl Dich, den Sohn Deines Vaters begünstigt. Er fürchtet nur die Einwendungen seiner Frau und diese werde ich besiegen.

Wird die Generalin mit Dir von dieser Angelegenheit sprechen? wendete Franz ein. Wie willst Du es anfangen, daß sie Dir von den Geheimnissen ihrer Familie, von der Liebe ihrer Tochter erzählt? Das ist nicht möglich!

Nicht möglich! rief der Doktor lächelnd, wie wenig kennst Du die Weiber.

Eine so gebildete Frau! — meinte Franz zweifelnd.

Bleibt doch immer nur ein nervenschwaches Frauenzimmer, dessen Trost und Zuflucht der Doktor ist! unterbrach ihn Eduard. Ich bitte Dich, Franz, darüber sei unbesorgt. Die Geheimnisse seiner weiblichen Patienten mittleren Alters zu erfahren, ist für den Arzt keine Kunst; viel schwerer, sich vor der Mitwissenschaft zu bewahren, die oft unbequem ist. Diese Frauen sind jeden Augenblick bereit, sich durch Mittheilung ihrer geistigen Leiden,

wie durch Aether und Tropfen die Brustbeklem=
mungen zu erleichtern. Da macht die Gebildetste
keine Ausnahme.

Das glaube ich doch nicht, sagte Franz.

Verlasse Dich darauf! antwortete der Doktor,
und willst Du Deine häuslichen Geheimnisse be=
wahrt wissen, lieber Freund, willst Du Frieden
und Ruhe im Hause haben, so fahre gleich bei
dem ersten Nervenanfall Deiner Frau mit einem
hausherrlichen Donnerwetter dazwischen und wieder=
hole das nach Bedürfniß. Dies ist das Wunder=
elixir, das ich Dir für die Ehestandsreise mitgebe,
das Wunder thun würde, wenn die Männer sich
nicht von den ersten Thränen ihrer Frauen erweichen
ließen. Ein schönes, junges Weib, das leidet und
weint, hat Reiz; — aber die Junge, die Schöne
wird alt und sie weint dann auch, und die Nerven=
anfälle kommen öfter und dann ist es mit dem
gepriesenen Eheglück vorbei.

Wie kann man so sprechen, Eduard? sagte
Franz. Du bist ein wahrer Materialist geworden.
Du achtest die Frauen nicht mehr.

Wozu wäre ich denn so lange Arzt, wenn ich sie nicht in ihren Schwächen kennen sollte? antwortete Eduard. Daß man sie aber trotz dieser Schwächen dennoch liebt, daß man sie am Abend reizend findet, wenn das Krankenhäubchen vom Morgen mit blühenden Rosen, der Aether von Bouquet d'Esterhazy verdrängt ist, das ist ja grade ihr Triumph, dessen sie sich bewußt sind und den sie auch gegen den Arzt geltend machen.

Du bist ungewöhnlich guter Laune, Eduard! meinte Franz.

Ich freue mich auf die Unterhaltung mit der Generalin und über die Erfüllung Deiner Wünsche, die auch die Meinen sind. Es ist doch hübsch in unserer Zeit, daß die Generalin von Dohnen, die so stolz auf ihre Ahnen ist, einen Fabrikanten zum Schwiegersohn, und ihre Tochter vermuthlich bald einen Maurermeister zum Schwager haben wird. Das ist ein großer Vortheil und ein schöner Fortschritt! sagte der Doktor, als er Franz verließ, um sich zur Generalin zu verfügen.

Funfzehntes Kapitel.

———

Eduard fand die Generalin auf dem Sopha liegend, über heftigen Kopfschmerz klagend und wirklich in ziemlich heftiger Nervenaufregung, die nach jeder Gemüthsbewegung bei ihr eintrat. Er fragte, ob dieser Zustand vielleicht eine bestimmte Veranlassung habe? Die Generalin gab eine unbestimmte Antwort, und der Doktor äußerte sich verwundert darüber, Fräulein Anna nicht im Zimmer zu finden, die sonst bei dem geringsten Unwohlsein der Mutter sie nie verließ.

Ach! sagte die Generalin mit der Heftigkeit, die ihr eigen war, mein ganzes Haus ist verwandelt und daran haben auch Sie Schuld, Doktor!

Ich? fragte Eduard, ich bekenne, daß mir der Vorwurf räthselhaft erscheint.

Sie, mit Ihrem unglückseligen Liberalismus sind auch Schuld daran, daß meine Anna — sie brach plötzlich ab und sagte: Aber laffen Sie mich lieber davon schweigen.

Nein! im Gegentheil, gnädigste Frau! ich muß Aufschluß von Ihnen fordern. Sie klagen mich irgend einer geheimnißvollen Schuld an, eines Unrechtes gegen Sie, deffen ich mir nicht bewußt bin und wollen es mir nicht nennen, damit ich mich rechtfertigen kann? Das wäre eine Ungerechtigkeit, die ich Sie nicht begehen laffen darf.

Sie scherzen zur Unzeit, Doktor, antwortete die Generalin noch immer entrüstet, denn Sie wiffen recht gut, um was es sich handelt. Franz Wallbach wird Ihnen, seinem besten Freunde, nicht verschwiegen haben, daß er um unsere Tochter geworben hat.

Das weiß ich allerdings, gnädigste Frau! aber welcher Tadel mich dabei trifft, ist mir unbegreiflich.

O! Sie und Ihre Lehren von der Gleichheit
der Stände, von der Umschmelzung der Gesellschaft,
Sie haben den jungen Wallbach und meine Tochter
so kühn gemacht, an eine Verbindung zu denken,
die ganz unstatthaft, ganz unpassend wäre.

Der Doktor äußerte sein Erstaunen über diese
Ansicht der Generalin in einer Weise, welche sie
veranlaßte, all ihre Einwendungen, ihre Vorliebe
für den angeerbten Adel und ihre Abneigung
gegen den Kaufmannsstand auszusprechen. Er wider-
legte sie ruhig, hörte aufmerksam zu und ließ, als
die Generalin sich in ihren Beweisgründen erschöpft
hatte, eine lange Pause eintreten, als ob er die
Unterhaltung zu beenden wünsche. Dann nahm
er den Compagnon du tour de France zur Hand,
den die Generalin, wie er wußte, las, und blätterte
darin, gleich wie in halber Zerstreutheit.

Das ist ein merkwürdiges Buch! sagte er
endlich.

Ein Meisterwerk! rief die Generalin, die über
ihrer lebhaften Theilnahme an allem Schönen in der
Literatur den Streit mit dem Doktor vergaß.

Dieser Pierre Leroux, dieser Amaury, was für eigenthümliche Charaktere! und welche Würde, welche Hoheit in dieser Gräfin!

Ich erinnere mich des Herganges nicht mehr genau, sagte Eduard, mich dünkt, Pierre Leroux ist ein Tischler und Amaury, nach dessen Liebe die schöne Marquise zugleich mit der Gastwirthin strebt, ist es ebenfalls. Nicht wahr, Frau Generalin?

Die Generalin bejahte es.

Es ist interessant, die Wechselwirkung zu beobachten, bemerkte Eduard, welche das Leben und die Literatur auf einander ausüben. Ein Scharfblickender kann leicht aus der Richtung, welche die Literatur nimmt, die Zeitereignisse vorhersagen. Als Beaumarchais seinen Figaro schrieb und auf die Bühne brachte, als das Publikum sich nicht mehr dagegen sträubte, den Grafen, den Pagen und den Diener als Nebenbuhler einander gleichgestellt zu sehen, stand es schlecht mit der Feudalherrschaft, gut mit der Sache der Menschheit. Wäre der Gedanke, daß die stolze Grafentochter den Pierre Leroux, den Handwerker, liebt, eine

Unmöglichkeit, so würde Georg Sand es nicht als möglich schildern, und Sie, gnädigste Frau, würden nicht die lebhafte Theilnahme für den Roman empfinden. Für das, was unmöglich oder psychologisch unrichtig ist, interessirt man sich nicht.

Das ist sehr wahr, entgegnete die Generalin, die unruhig wurde, aber was soll uns das jetzt?

Sie erinnern, gnädigste Frau, daß die Liebe und wahres Verdienst jeden Unterschied des Standes aufheben.

Ich glaube nicht an eine Liebe, sagte die Generalin kalt, die Jahre hindurch schlummerte, bis der Ehrgeiz, ein Mädchen von Stande zu heirathen, sie wieder erweckte. Ihr Freund ist Kaufmann genug, die Vortheile zu berechnen, die ihm aus dieser Verbindung erwachsen. Er weiß, daß wir ihm eine Stellung in der Gesellschaft verschaffen müssen, wenn er Anna's Gatte wird; er hat nur zu gewinnen, Anna nur zu verlieren. Ich glaube nicht an die geduldig wartende Liebe eines so lebhaften Mannes. Seine Rechnungsbücher und Kattunmuster, sein Handel und Erwerb beschäftigen ihn hauptsächlich und lassen keinen Raum für die Liebe, die, wie der Baron sehr richtig sagte, eine Alleinherrscherin ist.

Wohl nur für einen glücklichen Aristokraten, wie Baron Soldern, den sein Schicksal aller Lebens mühe enthoben hat. Sie haben Recht, gnädigste Frau! das Leben ist anders in den bürgerlichen Sphären, als gefühlvolle, aristokratische Damen es in ihren Romanen schildern. Dort hat kein Mann ein anderes Geschäft, als zu lieben. Die Liebe ist das Ziel, nach dem er ringt. Liebesglück macht ihn zum müßigen Schwärmer, Liebesleid treibt ihn müßig durch Länder und Meere, er lebt in der Liebe und einigen andern sogenannten nobeln Passionen, er erlaubt sich's, zu sterben aus Liebe. Dazu hat freilich der Bürger nicht Zeit, der sein Lebensloos selbst zu schaffen hat. Er muß kämpfen um Alles, um sein täglich Brod, um einen Platz in der Gesellschaft, um die Freiheit, die ihm fehlt. Er hat ein Leben voll Arbeit und Sorgen. Aber durch all die Arbeit und Sorge strahlt ihm ein Stern; es ist die Liebe, die ihren milden Glanz

über sein ganzes Dasein verbreitet. Er stirbt nicht,
wenn man ihm die Geliebte raubt! er lebt und ar-
beitet weiter fort, denn er weiß, daß er ein Glied
des großen Ganzen ist; daß er Pflichten gegen
seine Mitmenschen hat. Er ist kein vornehmer
Egoist, der sich zu Grunde gehen läßt, denn das
.Wohl derer, die mit und für ihn arbeiten, hängt
von dem seinen ab. Kein thätiger, wahrer Mann
stirbt an Liebesleid, und auch Franz würde leben
und sich beruhigen.

Um so besser für ihn! meinte die Generalin.

Aber, fuhr der Doktor fort, Sie rauben seinem
Leben die Blüthe, seiner Arbeit die Freudigkeit
durch Ihre Weigerung, und Ihrer Tochter einen
Gatten, wie sie nicht leicht einen zweiten findet an
fester Treue, an aufopfernder Hingebung. Es mag
süß sein für eine Frau, zu wissen, das Leben sei
ihrem Manne leicht; aber sie wird den Mann
heißer lieben, williger ihm gehorchen, der für sie
mit den Wechselfällen des Lebens ringt; der ar-
beitet und schafft für die Seinen und den höchsten
Lohn in dem Glücke findet, das er selbst für

sie erkämpft. — Wer weiß, ob einer der Männer, die um Fräulein Anna warben, so freudig auf ihr reiches Erbe verzichtet hätte, als Franz.

Das ist kein großes Verdienst, von einem so reichen Manne, als Wallbach! meinte die Generalin.

Und rechnen Sie das für kein Glück? fragte Eduard. Ist es nicht ein bedeutender Vorzug, daß Jemand eine Thatkraft besitzt, die ihn fähig macht, jene Reichthümer, vor denen die Menge sich beugt, zu erwerben und dennoch gering zu achten? Das Bewußtsein, erwerben zu können, was er bedarf, ist der Stolz, das Glück des Kaufmanns, das ihn fähig macht, nur seiner Neigung zu folgen, wo Andere ängstlich ihren Vortheil berechnen. Franz fordert Nichts, als das Mädchen, das er liebt. Er will Ihnen sein höchstes Glück verdanken und Sie könnten es ihm weigern, weil seinen Wagen kein Wappen ziert, weil müßiges Geschwätz sich darüber eine Weile wundert? Sie wollen zwei Herzen trennen, die sich fanden? sie trennen um ein Vorurtheil, das sich überlebt hat? — Sie weinen über die erdichtete Liebe jener Gräfin für den Handwerker, und die Thränen Ihrer Tochter lassen Sie kalt, weil sie für einen Bürgerlichen fließen, dessen Vater —

Sein Vater, unterbrach ihn die Generalin, ist vorurtheilsvoller, als wir. Sein Kaufmannsstolz ist unerträglich. Er verachtet den Künstler, den Gelehrten, das Militair; er will all seine Vorurtheile behalten, will nicht einmal das Glück seines Sohnes von meinem Manne fordern und wir sollen kommen —

Sie sollen kommen, sagte der Doktor, der sie nicht zu Ende sprechen ließ, als ein Bote des Glückes der Liebenden, als ein Friedensengel in dem Streite der Parteien. Sie sollen die Lehre verbreiten helfen, daß alle edlen Menschen Brüder sind; Sie sollen mit Ihren schönen Händen, wie ich Ihnen neulich sagte, gnädigste Frau, bauen helfen an dem neuen Friedenstempel der Zukunft, an dem wir Alle eifrig arbeiten müssen, ehe der alte einstürzt und uns begräbt in seinem Schutt.

Sie schwiegen Beide lange, dann gab die Generalin dem Doktor ihre Hand und sagte: Sie sind ein warmer Vertreter Ihres Freundes und ein seltener Mensch, lieber Doktor! Mein Mann würde Ihnen Dank wissen für diese Unterhaltung, denn er neigt sich Ihren Ansichten zu. Mir wird das schwer, sehr schwer. Wer trennt sich gern von den Ueberzeugungen, in denen er erzogen ist, in denen er Ruhe und Glück gefunden hat bisher?

Eine neue Pause entstand, Eduard schickte sich zum Fortgehen an, die Generalin ließ es geschehen. Als er schon in der Thüre war, fragte sie: Wollte man nicht morgen den Grundstein zu dem Wallbach'schen Hospitale legen?

Nein, gnädige Frau, erst übermorgen! antwortete Eduard.

Werden Sie zugegen sein? fragte sie weiter.

Gewiß! man hat mich für die zwölfte Stunde Vormittags eingeladen.

Das freut mich, lieber Doktor! Leben Sie wohl.

————

Sechzehntes Kapitel.

— ———

Zwei Tage gingen langsam für Franz dahin. Er konnte es nicht erwarten, den Bescheid des Generals zu erhalten und so fest er auf einen glücklichen Ausgang in einzelnen Stunden hoffte, so besorgt war er in andern darüber, daß Anna ihm kein Lebenszeichen, Eduard, den er mehrmals aufgesucht und immer verfehlt hatte, ihm keine Antwort gab. Sein Vater sprach nicht mit ihm von dieser Angelegenheit; sich mit den Frauen darüber zu unterhalten, fühlte er sich nicht gestimmt. Seine Unruhe und Besorgniß stiegen immer höher, je weiter der Morgen vorrückte, ohne daß die Botschaft des Generals anlangte.

Nichts konnte ihm ungelegener sein, als daß

man grade für diesen Vormittag die Grundsteinlegung für das Hospital festgesetzt hatte. Es war
ein Sonntag, die Maschinen ruhten, die Arbeiter
feierten. Die Stille machte ihn noch ungeduldiger,
weil sie zu grell gegen die Bewegung seines Innern
abstach. Die beiden Karsten, der Professor und
der Doktor waren bereits gekommen, das Fabrikpersonal auf dem Bauplatz versammelt, jeden Augenblick konnte der Vater das Zeichen zum Aufbruch
geben, jeden Augenblick Franz genöthigt sein, sich
nach dem Bauplatze zu begeben, und dadurch noch
später die Nachricht erhalten, die er so von Herzen herbei sehnte.

Es waren qualvolle Minuten für Franz, und
auch die Anderen fühlten sich nicht behaglich. Madame Wallbach und der alte Karsten konnten sich
nicht recht in die frühere Vertraulichkeit finden.
Wilhelm bewachte Luise aus der Ferne mit Blicken
der rührendsten Neigung, während sie selbst sich
ihm nähern zu wollen schien, ohne den Muth dazu
zu haben. Der Vater sprach eifrig mit dem Professor und dem Doktor, aber dieser selbst schien
12*

zerstreut und von der Unruhe seines Freundes mit ergriffen zu sein.

Da fuhr plötzlich ein Wagen donnernd über das Pflaster des Hofes, es war der Wagen des Generals, der mit den Seinen angekommen war. Franz stürzte die Treppe hinunter und im nächsten Augenblicke lag Anna in seinen Armen. Wie ein Sieger seine Beute, so hob er sie empor, so drückte er sie an seine Brust. Er trug sie fast die Treppe hinauf und als der General und seine Frau in das Zimmer traten, führte Franz bereits die Geliebte in die Arme seiner Eltern.

Es war ein schöner Augenblick in dem Leben dieser Menschen. Die Generalin umarmte weinend vor Rührung die Eltern ihres künftigen Schwiegersohnes, den sie ihren theuern, geliebten Sohn nannte, während sie ihn küßte und segnete. Das Glück, die Freude wirkten elektrisch auf Alle. Endlich sagte der General: Das ist aber doch gegen alle Sitte! da will ich kommen, dem alten Freunde eine Tochter zu bringen, ihm mein einzig Kind übergeben, mich ihm fest für immer zu verbinden, und der junge Herr entführt sie aus meinem Wagen, trägt sie wie sein rechtmäßig Gut davon und Anna läßt sich das ruhig gefallen.

Ich liebe ihn so sehr! sagte Anna in Thränen lächelnd und umarmte den Bräutigam.

Nun, Wallbach! sagte der General, Du willst nichts von mir fordern, nicht einmal das Glück Deines Sohnes, so will ich ihm ein besserer Vater sein und ihn glücklich machen aus eigenem Antrieb und Du sollst mir nicht danken, denn das Glück meiner Tochter macht uns quitt. Anna ist Dein, Franz, halte sie werth, sie war unser höchstes Gut.

Sind Sie zufrieden mit mir? fragte die Generalin den Doktor.

Sie übertreffen meine Erwartungen, verehrteste Frau! antwortete Eduard, als der Maurerpolier die Nachricht brachte, man warte nur der Herrschaft auf dem Bauplatze. Man setzte sich also dorthin in Bewegung, voran das neue Brautpaar, dem sich die Uebrigen anschlossen.

Und Soldern? fragte Franz mitten in traulichster Unterhaltung die Braut.

Soldern, antwortete sie, hat in der Art, mit
der er sich in das Unvermeidliche fügte, gezeigt,
daß er die gute Meinung verdient, die meine Eltern
von ihm hegen. Er ist gewiß eine edle Natur,
wenn auch noch lange kein Franz! Ein zärtlicher
Händedruck lohnte ihr das freundliche Wort.

Der alte Karsten, der Luise am Arme führte,
sah die stille Seligkeit der Verlobten und fragte
Luise: Wie steht's, Luischen, macht Dir das nicht
Lust zu gleichem Glück? Soll ich bald die Freude
erleben, die Deine Eltern heute haben?

Sie antwortete nicht, aber sie lächelte, als der
alte Herr fortfuhr: Besinn' Dich nicht zu lange!
Der Wilhelm hat Dich lieb, aber zuletzt möchte
er doch am Ende die Geduld verlieren und des
Wartens satt sein, wenn er so denkt, wie ich.

———

Siebenzehntes Kapitel.

Auf dem Bauplatze war das Fabrikpersonal versammelt und begrüßte die Braut des jungen Fabrikanten, die ihnen als solche vorgestellt ward, mit herzlichem Jubel.

Dann ging man zur Grube. Wilhelm Karsten legte selbst ein Schurzfell um, nahm die Kelle zur Hand, und forderte nach einer kleinen Rede die Anwesenden auf, ihm Gaben zur Aufbewahrung in dem Fundament zu geben. Man brachte Zeitungen, Münzen, bunte Bänder und mancherlei Geräth. Luise gab ihre Ohrringe, Anna ihr Armband her, und Herr Wallbach ein eisernes Kästchen, das einen Bericht über Anlaß und Zweck des Baues und die Namen der Wallbach'schen Familienglieder enthielt.

Stehe ich auch darin? fragte Anna, als sie davon hörte.

Nein, mein Kind, antwortete Herr Wallbach, ich wußte nicht, ob ich Dich heute schon zu den Meinen zählen würde.

O! rief Anna, ich bitte, lieber Vater, lasse mich auch einschreiben dicht neben Franz, wie ich immer neben ihm zu bleiben hoffe.

Man holte Schreibzeräth und erfüllte ihren Wunsch. Ehe man das Kästchen aber wieder schloß, nahm die Generalin ihren und ihres Mannes Siegelringe, welchen die Wappen ihrer Häuser eingegraben waren, band sie zusammen und befestigte daran ein Papier, auf das sie Folgendes schrieb: Das sind die Familienwappen der Anna von Schomberg=Dohnen, die sich am Tage der Grundsteinlegung mit dem Fabrikanten Franz Wallbach verlobte. Diese Ringe mit dem Zettel legte sie auch in das Kästchen, das man darauf in das Fundament senkte.

War das Liberalismus oder Adelstolz? fragte der Professor den Doktor, der neben ihm stand. Eduard antwortete nicht.

Dann ward der Stein in die Wölbung gefügt, Franz und Anna thaten die ersten Hammerschläge darauf. Franz wollte sprechen, aber die heftige Bewegung seines Innern machte es ihm zu schwer; er gab den Hammer seinem Freunde Eduard. Der führte drei kräftige Schläge und rief:

Glück und Segen den Gründern! Dauer und Gedeihen der Stiftung! und Friede und Freiheit Allen, die es begreifen, daß es keine höhere Würde giebt, als ein Mensch zu sein unter Menschen!

Die Freunde schüttelten ihm die Hände, er bot und drückte den Arbeitern die Hand, die ihm zunächst standen.

Und wann ist Hochzeit? fragte der Professor.

Sobald Franz es wünscht, antwortete die Generalin, und Sie, Herr Professor, der Doktor, Papa Karsten und unser junger Mauermeister sind im Voraus geladen.

Ende.

www.ingramcontent.com/pod-product-compliance
Lightning Source LLC
Chambersburg PA
CBHW030540040726
47497CB00008B/2523